W0349459

LITRA DUKT

GARY VICTOR

# *Soro*

Aus dem Französischen
von Peter Trier

LITRA*l*DUKT

Bibliographische Information der Deutschen Bibliothek:
Die Deutsche Bibliothek verzeichnet diese Publikation
in der Deutschen Nationalbibliographie; detaillierte bibliographische Daten
sind im Internet unter *http://dnb.ddb.de* abrufbar.

Zweite Auflage, August 2015
1. Auflage April 2015

Ungekürzte Ausgabe
litradukt, Literatureditionen Manuela Zeilinger-Trier,
*www.litradukt.de*

Das französische Original erschien 2011 unter dem Titel
»Soro«,
© Éditions Mémoire d'encrier, 2011.

© der deutschsprachigen Ausgabe
litradukt, Literatureditionen Manuela Zeilinger-Trier,
Trier 2015, *www.litradukt.de*
Aus dem Französischen von Peter Trier
Umschlaggestaltung und Satz: Berliner Süden
Umschlagabbildung: Étienne Bienvenue
Herstellung: CPI Clausen und Bosse, Leck
Printed in Germany

ISBN: 978-3-940435-14-9

Begriffe, die mit einem Stern gekennzeichnet sind,
werden im Anmerkungsteil erklärt.

Für meine Freunde aus Carrefour-Feuilles,
den ehemaligen Kommissar der Police Nationale d'Haïti Carlo Lochard,
Réginald Léande Pierre (Larco),
Judith, Madame Berouard
und die anderen

Für Lisa M'Bele Bong

Er hätte niemals in dieses Hotelzimmer gehen dürfen! Es sei denn, er erlebte gerade eine der Phantasmagorien, die sein Geist veranstaltete, wenn sein Delirium nach einigen Flaschen *tranpe** Fahrt aufnahm. Er lag nackt mit ausgebreiteten Armen auf einem großen Bett, sicherlich Kingsize, sie, ebenfalls nackt und schweißgebadet, ritt ihn mit der Wildheit einer Amazone und stieß dabei Schreie aus, die sich wie die Rufe anhörten, mit denen die Reiter ihre widerspenstigen Pferde antreiben. Er hätte niemals in dieses Hotelzimmer gehen dürfen, diese Wahrheit hämmerte in seinem Schädel. »Du bringst dich gerade in eine üble Bredouille, Dieuswalwe«, flüsterte ihm eine Stimme in seinem Kopf zu. »Genauso gut könntest du dir eine Kugel durch den Kopf schießen.« Sie ritt immer noch auf ihm, ihre nackten, schlaffen Brüste flogen im Rhythmus ihrer gierigen Hüftbewegungen. Sie feuerte ihn an, schrie »hüh! hüh!«, während sie die Fersen an seine Beine presste, damit er sie schneller zum Orgasmus trug. »Ich muss aufhören, solange noch Zeit ist«, dachte Dieuswalwe Azémar. Wie war er in dieses Hotelzimmer gekommen? Er konnte sich nicht erinnern, in seinem Gedächtnis machte sich ein weißer Fleck breit. Der verdammte *soro**!, dachte er zornig. Es hieß, dieses Getränk sei blutreinigend, wirke gegen schädliches Fieber und befreie die Leber von allem, was sie belaste. Außerdem sollte es die Manneskraft stärken, wovon er sich gerade überzeugen konnte. Zumindest bei ihm hatte es aber auch die ärgerliche Macht, sein Gedächtnis auf unbestimmte Zeit in Isolationshaft zu nehmen.Früher hatte der *soro* seinen Neuronen niemals geschadet. Es hatte einige Monate nach der Rettung seiner Tochter begonnen. Er hatte sie im letzten Moment aus den Fängen einer amerikanischen Sekte befreit, die die Kinder ausschlachtete, um ihre Organe in die Vereinigten Staaten zu verkaufen.* Einige Gläser *soro*, und auf einmal hatte er eine Erinnerungslücke. Für einige Stunden war alles aus seinem Gedächtnis gelöscht. Anschließend hatte er alle Mühe, seine Erinnerungen wieder zu ordnen. In der Dienstzeit, in der er achtgab, die Dosis nicht zu überschreiten, ging es. In der Nacht jedoch leerte er ein Glas nach dem anderen, vor allem, wenn er versuchte, mit seinen Ausschweifungen seinen Schmerz, seine Wut und seinen Ekel vor dem Leben in diesem Land zu lindern, das er in seinem tiefsten Inneren gleichwohl liebte. Auf dem Körper einer flüchtigen Bekannten oder einer Nutte kam es dann, so wie jetzt im Hotelzimmer, zum Filmriss. Er hatte zunächst geglaubt, dass seine Hauptlieferantin, Madame Baptiste, und die anderen Schnapshändler, bei denen er verkehrte, ihm gepanschten Alkohol unterjubelten. Nachforschungen und eine erste Analyse hatten jedoch jeden Verdacht gegen den *kleren** ausgeräumt. Da er eine vorzeitige Alzheimererkrankung befürchtete, hatte er einen befreundeten Arzt konsultiert, welcher ihm gesagt hatte, dass mit seinem Nervensystem und seinem Gehirn alles in Ordnung war. Es war eine seltsame Reaktion seines Organismus auf seinen exzessiven *soro*-Konsum. Der Spezialist hatte ihm empfohlen, seine Leidenschaft für den *tranpe* und insbesondere den *soro* zu zügeln. Hätte man ihm das unmittelbar bevorstehende Weltende angekündigt, der Schock hätte nicht größer sein können. Aber schon bald hatte er sich entschieden: Er würde mit seinem *soro* und den Gedächtnislücken während der Delirien und danach leben. Sein Gedächtnis zu verlieren und Erinnerungen, die ohnehin schmerzlich waren, für einige Minuten oder Stunden zu vergessen, konnte nichts Schlimmes sein.

Er hätte niemals in dieses Hotelzimmer gehen dürfen. Er wusste nicht, wessen Zimmer es war. Durch die Jalousien drang die Helligkeit des frühen Abends. Die Frau bearbeitete ihn weiter, während sie sich zu ihm hinunterbeugte und gierig seine Lippen suchte. Er ließ es mit einem Anflug von Ekel geschehen wie eine Ehefrau, für die die Kopulation nur noch eine lästige Pflicht zur Befriedigung ihres Mannes ist. Eine Erinnerung brach durch. Er sah sich zusammen mit der Frau im Hotel ankommen. Ein Mann in einer verwaschenen Jeans und einem schwarzen T-Shirt mit dem Bild von Wyclef Jean* führte sie ins Zimmer. Ein wilder Hüftstoß seiner Partnerin verschüttete den Zugang zu seinen Erinnerungen wieder. »Hüh! Hüh!«, brüllte sie. »Es fehlt nur noch die Gerte«, dachte Azémar. Mit verschwitztem Gesicht, verdrehten Augen, offenem Mund und munter fliegenden Brüsten verfolgte sie eine launenhafte Lust, die sich ihr immer in dem Moment zu entziehen schien, in dem sie sie zum Greifen nah glaubte. Er versuchte vergeblich, seine Hände zu befreien, doch ihr geübter, unvermutet fester Griff und ihre überzähligen Kilos hielten ihn unbeweglich mit ausgebreiteten Armen auf dem Bett fest. Er sagte sich, dass es in dieser Position schwerlich klappen würde, denn selbst unter in seinen Augen normalen Bedingungen kam er nur selten zum Höhepunkt. Sein Versuch steigerte die Begierde der Frau, die auf ihm saß. Sie hob und senkte ihr Becken mit mechanischer Regelmäßigkeit. Dennoch gelang es ihm, eine Hand zu rühren, die, mit der er die ganze Zeit über die Flasche *soro* umklammert hatte. Sie ließ es geschehen, da sie begriff, dass es ihm nicht mehr darum ging, sich aus ihrer Umklammerung zu befreien, sondern darum, aus der Quelle zu trinken, die er nicht mehr entbehren konnte. Er setzte die Flasche an die Lippen und trank ihren restlichen Inhalt in einem Zug. Sie bearbeitete ihn weiter: »Hüh! Hüh!« Ihre animalische Wildheit ließ nicht nach. Er wunderte sich, dass er eine so starke Erektion hatte, obwohl sein Geist sich von seinem Körper abgekoppelt hatte, welcher jetzt nur noch zu minimalem Lustempfinden in der Lage war. Wie bei seinen nächtlichen Ausschweifungen war irgendwo in ihm der Wunsch, sich auszulöschen, ohne Möglichkeit zur Rückkehr in die Finsternis zu tauchen. Er sehnte sich nach dem Nichts, dem einzigen Ort, an dem er wirklich zur Ruhe kommen, an dem er das Feuer löschen könnte, das ihn verbrannte und verzehrte, ohne dass es ihn erledigen konnte, das Feuer seiner unmöglichen Liebe zu diesem Land, zu den Frauen, die ihm, dem alkoholsüchtigen, verkommenen Polizisten, bei seinen schändlichen Unternehmungen über den Weg liefen, denn diese Liebe war nur immerwährendes Leid, eine Glut, die einen endlosen Tunnel in seine Seele und seinen Körper grub. Die Frau schrie auf und fiel auf ihn nieder, ihre riesigen, schlaffen Brüste legten sich auf sein Gesicht. Es war nur falscher Alarm, ein fehlgeschlagener Orgasmus. Sie richtete sich wieder auf und setzte ihren Ritt fort: »Hüh! Hüh! Hüh!« Er hätte niemals in dieses Hotelzimmer gehen dürfen! Wer war sie? »Gefahr!«, flüsterte ihm eine Stimme zu. Die Frau schnaufte wie eine Lokomotive, Krämpfe spannten ihren Körper. Einer schleuderte sie auf den schmächtigen Dieuswalwe Azémar, den sie ergriff wie einen Rettungsring, während ihr Orgasmus mit der verheerenden Wucht eines Orkans anbrandete. Der Inspektor kam im selben Moment, gleichzeitig schwankte das Zimmer, als hätten riesige, feindselige Hände es ergriffen. Die Hände schüttelten das Zimmer, als wollten sie es von irgendwelchem Ungeziefer befreien. Noch nie hatte er im Delirium so etwas erlebt, dachte er. Um sie herum brach plötzlich alles zusammen. Ein Teil der Decke stürzte auf die Frau; er hörte das Knacken von Knochen und Knorpel, als ihr Körper auf seinem zerdrückt wurde. Das Bettgestell hielt dem Aufprall nicht stand. Im Delirium kann der Geist auf

Ressourcen zählen, die ihm in wachem Zustand nicht zur Verfügung stehen. Azémar machte sich von dem zermalmten Körper los und hatte dabei den Reflex, sich seine Kleider und seine Dienstwaffe zu schnappen, die aus irgendeinem Grund in Griffweite lagen. Der Absturz der Decke war vorerst zum Stehen gekommen und hatte einen winzigen Raum frei gelassen, in dem er überlebt hatte. Er kroch verzweifelt zu einer Öffnung, durch die ein menschlicher Körper nur mit Mühe hindurchkam. Ihm war, als sähe er Mireya, die Frau, die er eine Nacht lang in La Brésilienne geliebt hatte. Sie ergriff seine Hand und half ihm, sich im Staub und im Krachen des Betons vorzuarbeiten. Als er sich verstört, staubdeckt und mit schlotternden Beinen im Freien aufrichten konnte, wurde ihm klar, dass das Hotel nicht mehr existierte. Die Erde bebte noch heftiger. Er verlor das Gleichgewicht und musste sich an einem Baum festhalten, der mitten im Hof stand. Eine Mauer stürzte mit Getöse auf ein Allradfahrzeug, einen RAV4, den er erkannte. Das war das Auto, mit dem sie in diesem Hotel angekommen waren. Seines, ein über zwanzig Jahre alter Nissan, war seit einer Woche in der Werkstatt. Er hörte Schreie, Rufe, flehentliche Bitten, verzweifelte Klagegesänge. Um ihn herum waren nur Staub und Trümmer. Ein Bombardement? Ein Erdbeben? Das Ende der Welt? Ihm fiel auf, dass er nackt war, aber eine Hose, ein Hemd und seine Dienstwaffe in der Hand hielt. Mit Mühe zog er die Kleider an. Sein Körper zitterte im Rhythmus der unablässigen Nachbeben. Er war barfuß, aber es kam im Moment nicht in Frage, seine Schuhe zu holen. Er entfernte sich humpelnd. Ihm fiel ein, dass er mit einer Frau in dem Hotelzimmer gewesen war. Sie war sicher tot. Er war mit Blut befleckt, und zwar nicht mit seinem eigenen. Er blieb stehen, um zu kotzen. Ein Meer von miesem *soro*. Er stellte sich vor, wie sein Erbrochenes, das voll Säure war, eine Ritze in den Asphalt ätzte. Erneut setzte er sich in Bewegung. Eines seiner Beine blutete. Den rechten Arm konnte er nur mit Mühe bewegen. Sein Körper hatte schon einen heftigen Schlag abbekommen, als die Frau auf ihm zerquetscht wurde. Er hatte Glück, dass er noch am Leben war. Auf der Straße in Staub gehüllte menschliche Gestalten, die rannten, brüllten, den Allmächtigen anriefen: »Kehrt um! Die Strafe Gottes ist über uns gekommen!« Die meisten Häuser des Viertels waren eingestürzt. Dieuswalwe Azémar wurde klar, dass das, was er erlebte, die Wirklichkeit war. Was seit Jahren befürchtet wurde, war eingetreten: Ein Erdbeben hatte seine Stadt zerstört.

Er hatte dem Motorradfahrer die Mündung seines Smith & Wesson an die Schläfe drücken und ihm gleichzeitig seine Polizeimarke unter die Nase halten müssen. Der junge Mann hatte verstanden, dass man mit diesem nach *kleren* stinkenden Mann nicht diskutieren durfte. Nach dem grauen Staub zu schließen, der sein Gesicht wie eine Maske bedeckte, war er gerade erst dem Erdbeben entronnen. Seine Hand zitterte. Um ein Haar hätte er auf den Abzug gedrückt, ohne es zu merken. »Zur Place Jérémie! Schnell!«, schnauzte er. Der hastige Start, bei dem der Inspektor fast von der Maschine gefallen wäre, hing sicherlich mit der Nervosität des Fahrers zusammen. Und mit der Nervosität der Erde, welche weiterbebte. Alle Fahrzeuge hatten auf der Straße angehalten, die Fahrer wussten angesichts der zahlreichen Nachbeben nicht mehr, wo ihnen der Kopf stand. »Das ist das Ende der Welt«, rief der Motorradfahrer. »Sie hätten mir eine Kugel in den Kopf jagen sollen, dann müsste ich das, was jetzt noch kommt, nicht mitansehen.« »Schnauze!«, brüllte der Inspektor, dass dem Fahrer das Blut in den Adern gefror. Er schlängelte sich schweigend zwischen den Autos, den Trümmern der eingestürzten Häuser, die auch auf die Straße gefallen waren, und den Mengen verängstigter, in ihren Gewändern aus grauem Staub ziellos umherirrender Menschen hindurch. Ihr Gang ließ den Schmerz ihrer Körper erahnen, die wie durch ein Wunder den Trümmern entkommen waren. Die Erde bewegte sich unablässig. Jedes Mal stiegen Klagerufe zum Himmel, die Gott und seinen Sohn Jesus um Vergebung für die Schändlichkeiten der Menschen anriefen. Frauen hielten die Leichen ihrer Kinder empor, Männer die ihrer Frauen. Es wurde geschrien, vom Stadtzentrum sei nichts mehr übrig, alle Kirchen seien zerstört, sogar die Kathedrale, in der die Beherrscher des Landes immer das traditionelle Te Deum feierten, um anschließend die Nation auszusaugen. Improvisierte Pastoren erinnerten daran, dass die Bibel diesen Tag vorausgesagt habe, die Menschen in ihrer Verblendung die Warnungen jedoch in den Wind geschlagen hätten. Nun müsse man den Kelch bis zur Neige leeren. Auf der Terrasse eines schäbigen Hauses, das wundersamerweise noch stand, brüllte ein Mann, der Grund für die Apokalypse sei die Explosion einer amerikanischen Bombe in der Bucht von Port-au-Prince. Der Inspektor durchquerte die Stadt, ohne etwas zu sehen, ohne einen Gedanken an das, was er gerade in dem Hotel erlebt hatte, an die tote Frau, von der er weder wusste, wie sie hieß, noch wo er sie getroffen hatte. Der *soro* hielt sein Gedächtnis immer noch in seinem Griff. Er hatte nur seine Mireya im Kopf. Mireya war seine Adoptivtochter, seit er damals im hintersten Winkel des Landes in dem kleinen Dorf La Brésilienne in einem rätselhaften und turbulenten Fall ermittelt hatte. Sein Auftrag war nicht etwa gewesen, die gestohlenen Glocken einer Kirche wiederzufinden, sondern – deren Klang! Er war mit diesem kleinen Mädchen zurückgekehrt, einem damals fast stummen Waisenkind, das auf der Straße bettelte, jedoch einzigartige Kräfte besaß. Ein junger Polizist namens Colin hatte sie zu spüren bekommen, nachdem er der Korruption verfallen war, die in der Polizei grassierte. Der Inspektor hatte damals alles riskiert, um seine Tochter zu retten. In diesem Moment musste sie mit Manon, der alten Frau, die wie eine Mutter über sie wachte, bei ihm zu Hause sein. Mireya kam immer um 16 Uhr aus der Schule. Das Erdbeben hatte ungefähr um 16 Uhr 55 zugeschlagen. Seine Wohnung lag in einem Mietshaus, das nicht den geltenden Baunormen entsprach, aber dies wurde dem Inspektor erst jetzt richtig klar. Er wusste zumindest, dass die Stadt, die auf einer Plattengrenze lag, früher oder später einem Erdbeben zum Opfer fallen würde, hatte aber gelebt, also wäre dies eine abstrakte Erkenntnis, die sich zu seinen Lebzeiten niemals konkretisieren würde. Und wie hätte er seine Gedanken auch umsetzen sollen? Eine andere Wohnung konnte er sich nicht leisten. Diese hier war preiswert, und der Besitzer, den er mehrmals mit seiner Waffe bedroht hatte, um ihm klarzumachen, dass ein Chef* seine Miete zahlen durfte, wann er wollte, war nun vorsichtig genug, nicht mehr auf pünktliche Erfüllung seiner Verpflichtungen zu drängen. Man konnte nicht wissen, wie weit ein Mann gehen würde, der unmäßig Alkohol trank und obendrein von der Institution, der der Schutz des Bürgers oblag, zum Führen einer Waffe berechtigt war, obwohl sein körperlicher und geistiger Verfall jeden Tag sichtbarer wurde. Ein Schluchzen erschütterte seine Brust und ließ eine Klage wie überschüssige Luft durch seine Lippen entweichen. Der Hass auf dieses Land und der Ekel, den es ihm einflößte, schnürten ihm die Luft ab, so dass er nur noch wie ein Asthmatiker röcheln konnte. Er betrachtete die Stadtteile von Port-au-Prince, die dieses offensichtlich starke Beben dem Erdboden gleichgemacht hatte, und sagte sich, dass ein weiteres Mal das Volk zu leiden hatte. Die Reichen würden, selbst wenn die blinde Gewalt des Naturphänomens auch sie getroffen hatte, bald Profit aus der Katastrophe schlagen. Armut und Leid waren das Gold Haitis, das die Reichen des Landes auf den öffentlichen Plätzen der großen Hauptstädte der westlichen Welt trefflich zu vermarkten verstanden. »Wenn Mireya tot ist«, grollte er, »wenn sie glauben, dass sie aus ihrer Leiche Zaster schlagen können, dann jage ich ihnen allen eine Kugel in den Kopf. Ich kaufe mir eine Bazooka und mache ihre Luxusautos, ihre Villen und ihre Paläste platt.« Das Motorrad kam in den mit Menschen überfüllten Straßen nur mühsam voran, denn überall hatte man begriffen, dass das, was an diesem Nachmittag noch den Schlaf und das Tun der Menschen beherbergt hatte, nun der größte Feind des Lebens war. Entsetzt stellte Inspektor Dieuswalwe Azémar fest, dass der große Bau des Hotels Castel Haïti, der im Süden auf einem Hügel die Stadt überragt hatte, verschwunden war. Er malte sich aus, dass sein Viertel Bas-Peu-de-Chose nicht mehr existierte und der Körper seiner kleinen Tochter eins mit dem Beton, dem Eisenschrott und dem Schutt geworden war. Wenn auch nur die geringste Chance bestand, dass Mireya noch lebend unter den Trümmern lag, würde er alles, was ihm an Knochen, Blut und Willen blieb, einsetzen, um die Materie zu besiegen, um seine Tochter der Erde zu entreißen. Als das Motorrad in die abschüssige Straße einbog, die zu seinem Viertel führte, konnte er nicht umhin, vor Freude aufzuschreien und dem Himmel innerlich zu danken, als könnte er ein Auserwählter unter der vom Erdbeben betroffenen Bevölkerung sein. Die meisten Häuser standen noch, als hätten die Schockwellen des Erdbebens hier ihre zerstörerische Kraft gedämpft. Das Gebäude, in dem er wohnte, hatte jedoch Risse. Eine göttliche Hand hatte im letzten Moment verhindert, dass es zusammenfiel. Mitten auf der Straße in der konsternierten Menge, die nicht mehr wusste, wohin sie fliehen sollte, denn es ging das Gerücht, dass die Erde sich jeden Moment unter den Füßen der Lebenden auftun konnte und man sich besser der göttlichen Barmherzigkeit befehlen sollte, bemerkte er Manou, die alte Dienerin, mit Mireya in den Armen. Er befahl dem Motorradfahrer anzuhalten. Dieser ging nicht das Risiko ein, den Preis für die Fahrt zu fordern, sondern fuhr eilig weiter, sobald der Polizist abgestiegen war. Er rief ihm nur eine Warnung zu: »Deine Waffe wird dir nicht mehr viel nützen. Das ist die Apokalypse. Bete lieber für dein Seelenheil.« Dieuswalwe Azémar hörte jedoch nichts, er sah nur seine Tochter Mireya, lebend in Manous Armen. Er bahnte sich einen Weg durch die Menge. Manou sah ihn und reichte ihm das weinende Mädchen. Er nahm sie und drückte sie an sich. Die Berührung erfüllte ihn mit einer Energie, die die sich aufbäumende Erde unter seinen Füßen zur Vernunft bringen konnte. »Wo warst du, Papi?«, schluchzte Mireya. »Wo warst du?« Die Scham erhellte blitzartig den Moment, den er gerade mit der Frau im Hotel erlebt hatte: Es war die Ehefrau von Kommissar Solon! Kommissar Solon! Seinem Vorgesetzten! Vor allem seinem Freund. Er war der Einzige in der Polizei, der ihn immer verteidigt, der seine Verdienste erkannt hatte. Der Einzige, der ihn nicht verächtlich ansah, der sich über seinen Verfall nicht freute. Der Einzige auch, der eines Tages in seinem Büro die zwei *tranpe*-Flaschen ergriffen hatte, die er in einer Schublade versteckte, sie an der Wand zerschlagen und gesagt hatte: »Sie sind zu brillant, Inspektor Azémar, um sich so zu zerstören. Sie sind das effizienteste Gehirn in unserer Polizei und zu so etwas sind Sie jetzt geworden.« Ein anderer hätte den Zorn von Dieuswalwe Azémar auf sich gezogen. So seine zwei Flaschen *tranpe* zu opfern, eine solche Beleidigung hätte die Bestie wecken können, die tief im Inneren jedes Menschen schlummert. Aber Kommissar Solon war jemand andres. Kommissar Solon und Mireya waren auf dieser Erde die einzigen Wesen, die ihm einen Grund zum Leben lieferten. Und dennoch hatte er es soeben in einem Moment des Irrsinns mit der Frau seines Freundes in einem Hotel getrieben. Nach und nach fielen ihm die Umstände wieder ein, die ihn ins Hotel *Jardin des Nuits* geführt hatten. Die Frau machte ihm seit mehreren Monaten Avancen, denen er widerstand. An diesem Dienstag hatte er das Büro früher als üblich verlassen. Er hatte keine laufenden Fälle mehr. Er spürte, dass er noch tiefer in die Eingeweide der Erde sank. Er hatte Erklärungen des Präsidenten der Republik gehört und hätte angesichts eines solchen Ausmaßes an Dummheit am liebsten gekotzt. Die Frau des Kommissars hatte ihn unter dem Vorwand angerufen, sie müsste mit ihm über eine wichtige Sache reden, die die Sicherheit ihres Mannes betraf. Der Inspektor hatte akzeptiert. Er hatte zu viel getrunken. Da er kein Auto hatte, hatte die Frau des Kommissars ihn an einem diskreten Ort abgeholt. Anschließend hatte sie das Heft in die Hand genommen. Irgendetwas hatte sein Widerstreben überwunden. Was? Der *soro* hatte diesmal noch größere Lücken in sein Gedächtnis gerissen. Sie waren in diesem

Hotel gelandet. Und dann das Erdbeben! »Wo warst du, Papi?«, wiederholte Mireya, die fast schon eine Nervenkrise hatte. »Ich musste Banditen sehr weit weg von hier verhaften«, brachte er heraus. »Ich bin so schnell wie möglich zu dir gekommen, mein Liebling.« Sie klammerte sich an ihn, und ihr kleiner Körper begann im Rhythmus eines Nachbebens, das die Welt um sie herum wackeln ließ, zu zittern. »Wir wären fast gestorben, Papi. Ich habe dich gesehen, erdrückt. Ich habe dir die Hand gereicht ... Ich habe mich gefragt, ob du davonkommst.« Er drückte sie noch fester an sich: »Ich bin davongekommen«, sagte er, während ihm heiße Tränen über Wangen und Lippen liefen. Er bemerkte, dass sie nach *soro* schmeckten. Er sagte sich, dass das Blut in seinen Adern nun aus Zuckerrohrschnaps bestand. Zu Recht entfernten sich seine rauchenden Kollegen jedes Mal von ihm, wenn sie eine Zigarette anzündeten. Mit einem solchen Äthanolgehalt war sein Körper eine wandelnde Bombe.

»Dein Hemd ist blutig«, bemerkte Mireya.

Sie zeigte ihm die Flecken am Kragen und auf der Brust. Er erschauerte. Das war das Blut von Madame Solon, die auf ihm erdrückt worden war. Er wusste nicht, wie er mit dem Leben davongekommen war. Das Hemd brannte ihm auf der Haut. Sein Körper begann zu schwitzen. Er hatte auf einmal das Gefühl einer nahen Bedrohung. Das hatte nichts mit dem Erdbeben zu tun, sondern mit der Leiche der Frau im *Jardin des Nuits*. Er hätte niemals in dieses Hotelzimmer gehen dürfen!

*

In der Nacht schlief er fast gar nicht. Wenn er ein Auge zutat, so bemerkte er es nicht. Die Bewohner des Viertels hatten sich auf der Straße und auf den Bürgersteigen eingerichtet. Man hatte sich zwischen zwei Nachbeben in die Häuser gewagt, um so viel wie möglich von dem zu holen, was für eine Nacht unter freiem Himmel nötig war, und gehofft, es möge nicht regnen, denn es war nicht auszudenken, was passieren würde, wenn zu dieser Katastrophe auch noch das Inferno eines Wolkenbruchs hinzukam. Die alte Dienerin war so selbstlos, mehrmals, nur mit der Taschenlampe eines Nachbarn bewaffnet, in die dunkle Wohnung einzudringen und mit Decken und Kleidern für Mireya, den Inspektor und sich selbst zurückzukommen. Azémar selbst brachte es nur einmal fertig, die Wohnung zu betreten, als sein Bedürfnis nach *tranpe* die panische Angst bezwang, die er empfand, seit er in dem Hotel durch ein Wunder dem Tod entronnen war. Er kam beschämt zurück, denn die Gallone mit seinem Lieblingsgetränk war in Stücke gegangen und lag zusammen mit anderen zerbrochenen Glasgefäßen, Porzellanscherben und Büchern auf dem Boden. Der *tranpe* auf dem Mosaik verströmte ironisch seinen Duft nach Zuckerrohr und *asorosi**. Mireya, die ihn nicht hatte gehen lassen wollen, klammerte sich bei seiner Rückkehr an ihn: »Ich will nicht, dass du noch einmal von mir weggehst, Papi. Warum bebt die Erde so?« Er hatte auf nichts mehr eine Antwort. Er setzte sich neben seine Tochter und nahm sie in die Arme, während Manou zusammen mit anderen Frauen aus dem Viertel Litaneien für die Heilige Jungfrau aufsagte. Er hätte sich gewünscht, dass seine Tochter rasch einschlief, damit er auf die Suche nach Alkohol gehen konnte. Wenn er nichts fand, um seinen Durst zu löschen, würde es schlimmer als die Hölle werden. »Du musst schlafen, mein Liebling. Morgen brauchen wir unsere Kräfte.« In der Mitte der Straße hatten die Menschen, die aus Angst vor den Erdstößen aus ihren Wohnungen geflohen waren, eine schmale Gasse freigelassen. Andere Menschen trugen darin Tote oder Verletzte vorbei, deren Klagen als schaurige Gesänge durch die Dunkelheit schallten. Nachrichten und Gerüchte zirkulierten: Vom Stadtzentrum sei nichts mehr übrig. Ganze Viertel seien dem Erdboden gleichgemacht. Der Platz in einigen Metern Entfernung von der Stelle, an der sie sich befanden, wurde von Tausenden Obdachlosen gestürmt. Erst bei Sonnenaufgang, so hieß es, werde man das Ausmaß der Katastrophe erfahren – falls man den Sonnenaufgang erlebte, denn nun kam das beunruhigendste Gerücht von allen auf, nämlich, dass ein Tsunami zu befürchten sei. Das Meer könnte die Bucht verlassen und in die Hauptstadt strömen. Man sah Menschen ihre Habseligkeiten schultern und sich auf den Weg ins Gebirge machen. Die meisten Bewohner des Viertels beschlossen indessen auf Drängen Inspektor Azémars, zu bleiben, wo sie waren. »Wenn ihr geht, fallen die Plünderer wie ein Heuschreckenschwarm über eure Behausungen her. Ich feuere keinen Schuss ab, um zu schützen, was euch noch bleibt. Tsunami in der Hose! Das Erdbeben ist schon einige gute Stunden her. Wenn das Meer über die Ufer treten sollte, hätte es das bereits getan.« Das war sein einziger vernünftiger Beitrag in dieser Nacht, denn sobald Mireya einschlief, vertraute er sie Manou an und ging zur nächsten Avenue, wo er eine *tranpe*-Händlerin kannte. Ihr Geschäft befand sich in der Nähe einer Schlucht, in der seinerzeit ein Verrückter eine Hütte hartnäckig immer wieder aufgebaut hatte, bis die Wassermassen sie beim nächsten Wolkenbruch erneut mit sich rissen. Er betrat einen Endzeitfilm. Zu beiden Seiten der Straße waren die Häuser eingestürzt. Leute versuchten im Licht von Lampen oder Kerzen Angehörige oder Freunde zu befreien, die noch unter den Trümmern gefangen waren. Verzweifelt suchte er nach der Auslage seiner *tranpe*-Verkäuferin. Jemand, der ihn erkannte und erriet, was er suchte, informierte ihn, dass Madame Justine in einem Hof hinter einem Tempel der Pfingstbewegung Zuflucht gesucht hatte, der über der versammelten Gemeinde in die Knie gesunken war. Da das Dach aus Blech und nicht aus Beton bestand, waren die Gläubigen verschont geblieben. Nachdem er sich vergewissert hatte, dass keine Mauer bei einem Nachbeben einzustürzen drohte, schlängelte er sich in einem Korridor zwischen den Trümmern hindurch und kam in den Hof, in dem Dutzende von Menschen sich unter einem Mahagonibaum drängten. Er erkannte Madame Justine sofort; sie saß auf einem niedrigen Stuhl und hatte vor sich mehrere Körbe mit diversen Artikeln stehen. Auf behelfsmäßigen Lagern schrien Verletzte ihre Schmerzen zum Himmel. Die Überlebenden kamen und gingen, beteten, verteilten Wasser und Brot. In Erwartung der Kühle der Januarnacht wurden Decken von Hand zu Hand weitergereicht. Er näherte sich Madame Justine und wich dabei den Körpern auf dem Boden aus. Ein heftigeres Nachbeben als die vorherigen brachte ihn aus dem Gleichgewicht. Zum ersten Mal hörte er das Kichern des Berges, das den Erdstoß quittierte. Ein Kichern aus Steinen, Beton und Blechen, die schaurig aneinanderschlugen, als machte sich die Erde einen Spaß daraus, sich alles aus dem Leib zu reißen, was ihre traurige menschliche Bewohnerschaft in sie eingepflanzt hatte. Er widerstand zwar der Kraft der Erde, doch die Angst war stärker als seine Knie, welche das Gewicht seines Körpers nicht mehr tragen konnten. Er ließ sich vor Madame Justine in eine kauernde Stellung fallen. Sie schaute ihn verblüfft an. Er war der Letzte, mit dem sie in diesem apokalyptischen Moment gerechnet hätte.

»Sag nicht, dass deiner Tochter etwas passiert ist, Dieuswalwe«, brachte sie mit ihrer gutturalen Stimme heraus. »Ich bin sicher, dass der Himmel das nicht zulassen wird. Der Himmel verschont die Unschuldigen.«

Er dachte an die Frau, deren zerquetschter Körper unter den Trümmern des Hotels begraben lag. Dabei war er nicht unschuldig. Er hatte eine unverzeihliche Sünde begangen, als er mit der Frau seines besten Freundes mitgegangen war. Der verdammte *soro* hatte ihm einen Streich gespielt. Dieuswalwe Azémar wäre nie so tief gefallen. Er sagte sich, dass alles, woran er sich gehalten hatte, in Rauch aufgegangen war. Dennoch war es der *soro*, der *tranpe*, der ihn in all den Jahren am Leben erhalten hatte. Nein! Man hatte sein Lieblingsgetränk bestimmt gepanscht. Entgegen der Meinung des Chemikers, den er zur Reinheit des verwendeten *kleren* konsultiert hatte, musste er seine Nachforschungen fortsetzen. Dem *soro* die Schuld zu geben, kam für ihn nicht in Frage. Die ganze Geschichte musste einen Grund haben. Ihm fiel ein, dass er ein anderes Hemd hätte anziehen müssen. Er fragte sich, ob seine Knie aufhören würden zu zittern, wenn es ihm gelänge, die Angst zu bezwingen, die ihn gepackt hielt. Er, ein Polizeiinspektor, durfte sich der Bevölkerung nicht so als Schauspiel darbieten. Er versuchte aufzustehen. Seine Knie trugen ihn immer noch nicht.

»Da«, sagte Madame Justine.

Sie reichte ihm eine Flasche, gefüllt mit der grünen Flüssigkeit. Dem besten *soro* im Umkreis von mehreren Kilometern. Er nahm dankbar an, entkorkte die Flasche und nahm ein paar Schlucke. Gegen seine Gewohnheit trank er langsam, als wollte er, dass der Alkohol seine Ängste beruhigte, Balsam auf seine Wunden legte. Ungeschickt versuchte er, seine Brieftasche aus der Hosentasche zu holen. Er probierte ein weiteres Mal aufzustehen, aber es gelang ihm nicht. Er würde immerhin nicht die ganze Nacht in diesem Hof der Wunder* bleiben, als ob ihm das Erdbeben etwas Wichtigeres genommen hätte als eines seiner Glieder zur Fortbewegung, nämlich seinen Willen.

»Du musst mir nichts bezahlen, Dieuswalwe«, sagte Madame Justine. »Das ist das Ende. Sein Geld kann man nicht mitnehmen, weder ins Paradies noch in die Hölle.«

Er musste wieder auf die Beine kommen. Warum war er so tief gefallen? Er schluchzte. Madame Justine neigte sich zu ihm hin und legte ihm den Arm um die Schultern. Nun bemerkte sie, wie schmächtig und zerbrechlich er war. Sie schalt sich dafür, dass sie ihm die Flasche *tranpe* gegeben hatte. Er bestand nur noch aus Haut und Knochen. Wie hielt er dieses Leben voller Alkoholexzesse und Ausschweifungen nur aus?

»Weine nicht, Dieuswalwe ... Nur Mut! Diese Prüfung schickt uns Gott.«

»Ich schäme mich«, flüsterte Dieuswalwe Azémar. »Ich wäre besser an diesem Nachmittag gestorben.«

»Sag das nicht«, tadelte Madame Justine. »Vergisst du deine Tochter?«

»Ich habe mit der Frau meines einzigen Freundes geschlafen«, hauchte der Inspektor. »Ich habe alles zerstört, was ich bisher war ... Nun ähnele ich ihnen.«

»Wem?«, fragte Madame Justine und riss erstaunt die Augen auf.

»Denen, die uns beherrschen ... Ich bin ein Schwein geworden.«

»Hab Mitleid mit den Schweinen!«, empörte sich Madame Justine. »Dass Schweine Scheiße mögen, glauben nur wir. Das ist eine falsche Vorstellung, die wir uns von diesen Tieren machen.«

Sie wiegte den Kopf und bekam plötzlich einen strengen Ausdruck.

»Es stimmt aber, dass du tief gesunken bist, Dieuswalwe. Mit der Frau seines besten Freundes schlafen, das macht man nicht.«

Er verzichtete darauf, ihr zu sagen, dass Madame Solon tot war und ihr Tod ihm das Leben gerettet hatte. Außer, dass er niemals mit dieser Frau in dieses Hotelzimmer hätte gehen dürfen. Niemals!

»Was soll ich tun?«, fragte der Inspektor bestürzt.

»Beten ... Gott um Verzeihung bitten. Und es nicht wieder tun.«

Es wieder zu tun, davon konnte keine Rede sein. Die Frau war tot, erdrückt von der herabgestürzten Decke. Er kam wieder auf die Beine und hielt mit Mühe das Zittern seiner Knie unter Kontrolle. Glücklicherweise hatte die Erde ihr Aufbäumen eingestellt. Er nahm einen Hundert-Gourde-Schein aus seiner Brieftasche und drückte ihn Madame Justine in die Hand.

»Du wirst Geld brauchen. Ich glaube, wir werden den Sonnenaufgang erleben und noch lange durch die Hölle ziehen.«

Er entfernte sich mit seinem schwankenden Gang. Niemand sah ihn verächtlich an. Alle Blicke suchten in der Bestürzung und im Schmerz verzweifelt den Weg hinter die Dinge, einen verlorenen oder erträumten Ort, ein Paradies, das vom Geheul der Evangelienprediger bereits durchkreuzt wurde. Er ging vor sich hin, ließ seine Straße hinter sich und betrachtete in der Nacht das riesige Ausmaß der Katastrophe. An einem Ort, an dem er gewöhnlich ein neugebautes zweistöckiges Haus sah, hörte er Schreie. Mehrere Personen waren mit Lampen und Fackeln vor einem weiteren Trümmerhaufen versammelt. Das rissige Betondach sah aus wie ein Krake, der die Ruinen mit seinen Tentakeln umfasst hielt.

Einige Männer machten sich liegend an den Überresten eines vergitterten Fensters zu schaffen. Der Inspektor trat näher. Eine Frau sagte ihm, dort drin sei ein noch lebendes Baby, man könne seine Schreie hören, wovon sich der Inspektor tatsächlich überzeugte. Die Mutter hatte vor einigen Stunden noch sagen können, sie werde sterben, aber das Baby, das sie in den Händen halte, sei am Leben. Er trat noch näher. Ein Mann versuchte, sich durch eine Öffnung ins Innere zu zwängen. Ein gefährliches Unterfangen wegen der möglichen Nachbeben. Das Kind schrie hartnäckiger. Wieder drängte sich seinem Geist das Gesicht der auf ihm erdrückten Frau auf. Er sah einen Teil der Decke einige Zentimeter über seinem Gesicht und fragte sich noch, wie er sich aus diesem Grab hatte befreien können. In diesem Moment hätte er aus Angst fliehen müssen, aber das Gefühl, bei irgendjemandem, möglicherweise beim Schicksal, das ihm das Leben gerettet hatte, in der Schuld zu stehen, trieb ihn dazu, noch näher heranzugehen.

»Polizei!«, brüllte er. »Lassen Sie es mich versuchen.«

Er hatte nicht einmal gesehen, was die Retter sich zu tun anschickten. Er zog sein Hemd aus, trank seinen *soro* in einem Zug aus und verlangte nach einer Taschenlampe, die er sofort erhielt. Er legte sich auf der von Trümmern geräumten Fläche auf den Bauch und kroch zur Öffnung. Den Rettern war es gelungen, die Gitterstäbe des Fensters zu entfernen. Inspektor Azémar war mager genug, um hindurchzuschlüpfen. Er leuchtete ins Innere. Von dem Zimmer war nur noch ein kleiner Hohlraum übrig. Er sah verbogene, vom Beton zerfetzte Möbel, einen aufgeschlitzten Kühlschrank. Es gab noch einen weiteren freien Raum, durch den man wahrscheinlich in die Überreste des anderen Zimmers gelangen konnte. Die Schreie des Kindes kamen von dort, sagte ihm eine drängende Stimme. Das erstbeste Nachbeben konnte jedoch die Lage der Trümmer verändern. Dieuswalwe Azémar zwängte sich ins Innere. Man kam nur kriechend vorwärts. Glasscherben zerschnitten seine Arme. Die nächste Öffnung war noch schwieriger zu passieren. Er musste sich verrenken, um weiter vordringen zu können. Das Licht der Taschenlampe flackerte. Er musste sich beeilen. Er war nun in einem anderen Zimmer oder vielmehr dem, was davon übrig war. Wahrscheinlich ein Schlafzimmer. Ein Stück der Decke hatte eine Wiege zerquetscht. Er entdeckte die Leiche einer Frau. Der Arm der Toten hielt das Baby noch umklammert. Wie war das Kind dem Massaker entkommen? Die Beine der Frau waren von Beton verdeckt. Der Inspektor musste alle

Energie aufbieten, die ihm noch blieb, um das Kind von der Mutter zu lösen. Mit einem menschlichen Paket war der Rückweg schwieriger. Es gelang ihm, das Kind durch die Öffnung zu bringen; er ließ es praktisch auf die andere Seite fallen. Es war die einzige Möglichkeit, den Weg fortzusetzen. Die Schreie des Kindes wurden lauter. Die Passage schien sich verengt zu haben. Er glaubte, ein Nachbeben, das er nicht bemerkte hatte, habe ihn eingemauert. Schließlich gelangte er mit Kratzern an Oberkörper und Armen in das Zimmer auf der anderen Seite. Er kroch weiter und rollte dabei das brüllende Baby praktisch vor sich her. Der Staub verlegte ihm die Sicht. Er wurde nun ausschließlich von seinem Überlebensinstinkt getrieben. Diesen Ort verlassen. Ein stärkeres Nachbeben erschütterte die Trümmer. Er war vor dem Fenster angelangt, durch das er eingestiegen war. Er nahm das Baby und reichte es an Arme weiter, die es begierig in Empfang nahmen. Andere Hände streckten sich aus, um ihn herauszuholen. Er weinte! Tränen aus Blut ... Tränen aus *soro*. Tränen aus Erde. Gerade, als man ihn vollständig befreit hatte, ließ ein weiteres Nachbeben die Reste des Gebäudes endgültig einstürzen. Er musste sich auf einen Mann stützen, um aufzustehen und auf den Beinen zu bleiben. Eine Frau gab ihm sein Hemd wieder. Die Leute dankten ihm, andere glaubten, er sei ein Held, dass niemand sonst dieses Risiko eingegangen wäre. Er schluchzte weiter. Vergoss Tränen aus Blut. Tränen aus *soro*. Tränen aus Erde. Tränen des Schmerzes, der Machtlosigkeit und der Wut.

Port-au-Prince hatte den verängstigten Blick der gerade noch Davongekommenen. Die Sonnenstrahlen waren nun zurückhaltend, verschämt und betrübt darüber, die Missetat der Erde und den Schmerz der Menschen zu beleuchten. Dem Gekicher der Berge war eine Friedhofsruhe gefolgt, die hin und wieder von den Klagen der obdachlos Gewordenen und den Schmerzensschreien der Amputierten durchbrochen wurde. Prozessionen von Menschen trugen, die Gesichter weißgeschminkt vom Staub der Trümmer, auf Türen, die sie den Resten der Häuser entrissen hatten und die nun als Tragen dienten, die Leichen von Kindern, Frauen und Männern und legten sie an den Straßenkreuzungen ab. Die Straßen waren für den Verkehr so gut wie unbrauchbar, stellte Dieuswalwe Azémar fest. Eingestürzte Bauten verstopften sie mit ihren Säulen aus Eisenschrott und Beton. Strommasten lagen mit ihren Kabeln, die glücklicherweise nicht unter Spannung standen, in den Durchgängen, und die Bürger mussten sich wie beim Himmel-und-Hölle-Spiel von einem Punkt zum anderen bewegen. Eine oder zwei Stunden vor Sonnenaufgang hatte Inspektor Azémar in den Schlaf gefunden. Anschließend lernte er, wie viele Port-au-Princer an diesem Morgen nach dem Erdbeben, seine täglichen Verrichtungen neu: Die Suche nach Wasser und einer ungestörten Ecke, in der man sich rasch waschen konnte. Das Schwierigste war die morgendliche Notdurft. Er hatte einen Nahkampf mit seiner Angst ausfechten müssen, damit er in seine Wohnung gehen und sich auf die Toilette setzen konnte. Er hatte eilig, mit klopfendem Herzen und schweißgebadet gedrückt, aber er hatte keine Wahl gehabt: Er konnte sich beim besten Willen nicht vorstellen, etwas derart Intimes unter freiem Himmel, wo jedermann ihn beobachten konnte, mithilfe irgendeines Gefäßes oder einer Plastiktüte zu erledigen. Mit seinen zitternden Händen hatte er Mühe gehabt, sich abzuwischen. Dennoch hatte er im Hinausgehen eilig ein paar Kleidungsstücke zusammenraffen können. Als er wieder im Freien war, hatte er erst einmal verschnauft. All dies musste ein neuer Albtraum sein. Ein Albtraum, den er sich niemals vorzustellen gewagt hatte. Gelegentlich sah er in einem hellen Blitz das zugleich überraschte und erschreckte

Gesicht der Frau vor sich, die auf ihm zerquetscht worden war. Er zog sich rasch um. Mireya schlief immer noch, an Manou geschmiegt, auf ihrem improvisierten Lager auf der Straße, um sie herum ein Schwarm von Männern und Frauen, die die Müdigkeit und die Angst übermannt hatten und die der Sonnenaufgang nicht mehr wie sonst wieder zu sich bringen konnte. Er drückte Manou einige Geldscheine in die Hand und ermahnte sie, sich um seine Tochter zu kümmern, dann ging er unter schweren Schuldgefühlen. Er hätte seine Tochter nicht zurücklassen dürfen, aber er hatte keine Wahl. Er musste zum Präsidium, um zu erfahren, was es Neues gab. Ob die Dienstgebäude stehengeblieben waren. Ob Kommissar Solon überlebt hatte. Es gab jede Menge Dinge, die er wissen wollte. Vor allem wollte er sehen, was von seiner Stadt übrig war. Von seiner Motorradfahrt am Vorabend einige Minuten vor dem Einbruch der Dunkelheit, die zu dieser Jahreszeit früh kam, waren ihm nur trübe Bilder im Gedächtnis geblieben, wie in einem Traum, in dem das Vergessen die Erinnerung filtert. Er stellte schnell fest, dass die Gerüchte dieses eine Mal an die Realität nicht heranreichten. Die dunkle Brille, die er ständig trug, nicht um sein Schielen zu verbergen, sondern um die Hässlichkeit der Dinge abzumildern, die ihm ständig in den Blick kamen, konnte gegen die Wirklichkeit um ihn herum nichts mehr ausrichten. Das Stadtzentrum war nur noch eine Ansammlung von Ruinen. Der Nationalpalast war eingestürzt. Das große Gebäude der Generalfinanzdirektion war zu einem unförmigen Haufen zusammengesunken. Das Polizeipräsidium war stehengeblieben, aber alle Polizisten und ein Teil des zivilen Personals diskutierten draußen im Hof, denn wegen der Nachbeben wagte sich niemand in das labyrinthartige Innere. Der Inspektor setzte sich auf die Haube eines defekten Autos; den Motor hatte der Mechaniker, der den Fuhrpark der Polizei betriebsfähig zu halten versuchte, auf dem Boden zurückgelassen. Er zündete sich eine Zigarette an, um sein Verlangen nach Alkohol in den Griff zu bekommen. Er hatte an niemanden das Wort gerichtet, sondern nur vorschriftsmäßig gegrüßt. So ging es seit Jahren. Er hatte hier nur wenige Freunde. Nachdem er begriffen hatte, wie sehr ihn die anderen Polizisten verachteten, wie sehr er sie anekelte, hatte er sich auf sich selbst zurückgezogen. Dass er noch auf seinem Posten war, verdankte er Kommissar Solon, der gegenüber den höheren Vorgesetzten immer standhaft geblieben war. Azémar war der beste Bulle, den die Police nationale hatte, trotz seines zügellosen Lebenswandels und seiner Abhängigkeit vom *tranpe*. Kommissar Solon bestand darauf, dass Dieuswalwe Azémar an seiner Seite sein musste, solange er auf seinem Posten war, andernfalls würde er den Dienst sofort quittieren. Man hatte zugeben müssen, dass der Inspektor Fälle gelöst hatte, die man ohne ihn zu den Akten hätte legen müssen. Die Organhandelsaffäre hatte höheren Ortes Aufsehen erregt. Das Ausmaß des Skandals hatte Azémar geschützt. Seine Abberufung wäre Wasser auf die Mühlen all der einheimischen und ausländischen Kritiker gewesen, die die Korruption in der Regierung und der Polizei beklagten.

Der Inspektor bemerkte, dass der Offizier, der für die Verwaltung des Präsidiums zuständig war, sich mit einigen Polizisten beriet, worauf diese im Laufschritt das Gebäude betraten und mit Schreibtischen, Ordnern und Akten wieder herauskamen. Eine große, grüne Plane, die vom Gebäude bis zur Mitte des Hofes reichte, wurde ausgespannt. Dieuswalwe Azémar sagte sich, dass der Verwaltungsinspektor die Entscheidung, Akten, Ordner und Schreibtische dorthin zu verlegen, sicher nicht allein getroffen hatte. Er war ein Angsthase, der Typus des roboterhaften Beamten, der niemals die Initiative ergriff, da er fürchtete, sie könnte seinem direkten Vorgesetzten, in diesem Fall Kommissar Solon, missfallen. Entweder hatte dieser ihm telefonisch Anweisungen erteilt, oder er war tot, so dass der Verwaltungsinspektor einstweilen entscheidungsbefugt war. Während die Polizisten und Zivilangestellten sich in panischer Stimmung bemühten, alles Wichtige in den Hof zu bringen, nahm Inspektor Azémar eilig ein paar Schlucke aus dem Flachmann, den er wie eine Waffe unter dem Hemd verborgen hielt. Als sein Geist etwas weniger vernebelt war, begriff er, dass die Polizisten und zivilen Beamten niemals sein Büro betreten würden, um seine Akten zu holen. Zwischen ihm und ihnen schaukelte sich die gegenseitige Verachtung immer weiter auf. Er konnte sie um nichts bitten. Er konnte seinen Untergebenen zwar einen Befehl erteilen, sie würden wohl oder übel gehorchen müssen, aber wie sollte er ihnen verbieten, ihre Verachtung und ihren Ekel durch ihren Gesichtsausdruck, ihren Blick und ihre Gesten kundzutun? So blieb er lieber in seiner eigenen Welt und beschränkte seine Kontakte im Präsidium auf das für die Ermittlungen unerlässliche Mindestmaß. Er zündete sich eine weitere Zigarette an, wandte sich vom geschäftigen Treiben im Hof ab und ließ seinen Blick durch das Gitter über die Reste des Nationalpalasts schweifen. Die drei Kuppeln waren gefährlich geneigt und schienen nur noch mit einem

Faden am Gebäude zu hängen. Der Vorplatz, auf dem seinerzeit die Diktatoren zu den Massen gesprochen hatten, auf dem der Pöbel an ihnen vorbeigezogen war und auf dem der Priester, nachdem er mithilfe der amerikanischen Soldaten ins Land zurückgekehrt war, die Nation hinter einer Panzerglasscheibe begrüßt hatte, war nur noch ein unförmiger Haufen. Vor dem Zaun drängte sich eine Menschenmenge. Der Inspektor erriet die Genugtuung der Menschen angesichts der Zerbrechlichkeit dieses Sitzes der Macht gegenüber den Launen der Natur. Er zappte sich durch die UKW-Sender. Einige wenige Radiosender funktionierten. Überall Hilferufe. Der Direktor einer Radiostation, den Azémar gut kannte, erzählte mit vor Emotionen versagender Stimme, er habe seine Frau selbst im Hof ihres eingestürzten Hauses beerdigt. Auf die Beerdigungsinstitute konnte man nicht mehr zählen. Zu viele Tote. Zu viele Verletzte. Der Journalist hatte trotz allem seinen Platz vor dem Mikrofon eingenommen, weil er nach eigenen Worten in dieser schmerzlichen Stunde an der Seite der Bevölkerung sein wollte. Azémar war davon angetan. Der Präsident blieb derweil stumm. Keine Ansprache an die Bevölkerung. Vielleicht war es besser so, dachte der Inspektor. Jedes Mal, wenn der höchste Amtsträger den Mund öffnete, gab er nur monumentalen Blödsinn oder nichtssagendes Zeug von sich und befeuerte so die Unzufriedenheit der Bevölkerung, die eines Tages sicherlich konkrete Gestalt annehmen würde. Wie vom Donner gerührt, erblickte Azémar ein schweres Fahrzeug in den Farben der Nachbarrepublik. Laut den Nummernschildern gehörte es der dominikanischen Staatsführung. Das Auto fuhr sehr langsam, aber die Insassen waren durch die getönten Scheiben nicht zu erkennen. Dominikanische Soldaten? Ein Radiosender meldete, dass sich der dominikanische Präsident in Haiti aufhielt. Schlimmer als eine Naturkatastrophe!, dachte Azémar. Das Erdbeben würde ein weiteres Mal beweisen, dass die Macht in der Hand von Komödianten lag. Das Land schickte sich an, ein paar weitere Stufen zu den Pforten der Hölle hinunterzusteigen.

»Inspektor Azémar, kommen Sie bitte mit mir!«, sagte eine wohlbekannte Stimme hinter ihm.

Er drehte sich um, sein Herz begann augenblicklich so heftig zu schlagen wie bei einem Läufer nach einem besonders anstrengenden Sprint. Kommissar Solon stand vor ihm, in Zivil, die Dienstwaffe am Gürtel. Sein Gesicht war aufgelöst. Er, der immer auf sein Äußeres bedacht war, wirkte an diesem Morgen zum ersten Mal wie jemand, der in aller Eile das Haus verlassen hatte. Ohne den Gruß des Inspektors abzuwarten, kehrte er ihm den Rücken und ging mit raschen Schritten auf das Büro zu, das ihm der Verwaltungsinspektor gerade eingerichtet hatte. Man hatte eine Ecke unter der Plane in aller Eile mit Holzplatten abgetrennt, um dem Chef des Präsidiums eine gewisse Privatsphäre zu ermöglichen.

»Ich muss mit Ihnen reden, Inspektor Azémar. Nehmen Sie Platz.«

Es gab nur zwei Stühle, auf jeder Seite des leichten Schreibtisches einen. Der Inspektor gehorchte weniger der Anweisung seines Vorgesetzten als seinen Knien, die plötzlich zu zittern begannen. Er konnte den Kommissar nicht ansehen, obwohl er wegen seines Schielens seine dunkle Brille aufbehalten durfte. Sein Blick suchte verzweifelt nach einem Zufluchtspunkt. Der Kommissar durfte vor allem nicht das Gefühl haben, dass er sich ungewöhnlich verhielt. Dann sagte er sich jedoch, dass eine solche Katastrophe jedes seltsame Benehmen entschuldigte. Der Gedanke verlieh ihm ein wenig Mut.

»Sie sind mein Freund, Azémar. Der Einzige, dem ich vertrauen kann. Ich muss Ihnen sagen, was mir passiert ist.«

»Ist Ihr Haus eingestürzt?«

»Schlimmer. Meine Frau ...«

Er hielt inne, schloss die Augen und atmete tief durch.

»Meine Frau hat mich betrogen.«

Inspektor Azémar schwieg. Manche Geständnisse darf man nicht kommentieren, schon gar nicht, wenn man bis zum Hals in der Sache drinsteckt.

»Sie ist gestern Nachmittag in einem Hotel ums Leben gekommen. Die Leiche wurde heute Morgen gefunden.«

Dieuswalwe Azémar schwieg weiter. Er hatte feuchte Hände, sein Unterhemd war getränkt mit alkoholischem Schweiß. Seine unregelmäßigen Herzschläge gaben ihm noch stärker das Gefühl, immer schneller abzudriften.

»Ich will diesen Mann, Inspektor.«

»Wen?«, fragte Azémar und schalt sich einen Dummkopf, weil er sein Schweigen ausgerechnet in diesem Moment gebrochen hatte.

»Den Dreckskerl, mit dem meine Frau im Hotel war. Ich will ihm selbst eine Kugel in den Kopf jagen.«

»Er ist sicher beim Einsturz des Hotels gestorben«, sagte Azémar, dem es vorkam, als bohrte der Stuhl, auf dem er saß, sich in den Boden.

Ein Schwindel überkam ihn. Er schloss die Augen in dem vergeblichen Versuch, die Kontrolle über seinen Körper und seine Gedanken zurückzugewinnen. Er sah das blutige Gesicht der Frau im Hotel vor sich und gab gegen seinen Willen einen Klagelaut von sich.

»Geht's Ihnen gut, Inspektor?«, fragte der Kommissar besorgt. »Entschuldigen Sie! Ich habe mich nicht einmal nach Ihrer Tochter erkundigt.«

»Ihr geht es gut«, antwortete Azémar mit brennender Kehle, erleichtert, dass sein Vorgesetzter sein Verhalten nicht verdächtig fand.

»Sie müssen sich zusammenreißen. Nach diesem Erdbeben stecken wir alle in der Scheiße, aber Sie werden mir diesen Hurensohn bringen. Das ist das erste Mal, dass ich Sie um einen Gefallen bitte, das allererste Mal.«

Der Kommissar ließ sich plötzlich auf seinen Stuhl fallen. Er legte das Gesicht auf seinen Arm und brach in Tränen aus.

»Das hätte sie mir nicht antun dürfen, Azémar. Ich bin entehrt. Ich existiere nicht mehr. Es ist aus mit mir. Das war mein Leben ... Sie war mein Leben.«

Inspektor Azémar wurde von einem drängenden Wunsch gepeinigt: aufstehen und fliehen. Alles zurücklassen, sogar Mireya. Weit fortgehen. Sich in eine wilde Meeresbucht fern von jedem Menschenauge flüchten. Auf dem warmen Sand, den Blick verloren im wolkenlosen Himmel, den Tod durch Erschöpfung erwarten. Mit ein wenig Glück den Einbruch der Nacht noch erleben. Damit seine Seele sich vom Körper löste und in Spiralen zu den Sternen aufstieg. Im Schnee der Milchstraße aufgehen. Würde er Mireya, die Frau, die er in La Brésilienne geliebt hatte, wiederfinden? In irgendwelchen unbekannten Gefilden des Kosmos, an dem Ort, an dem die Seelen ihre Reise fortsetzen, wenn sie die Erde verlassen haben?

»Ich bitte Sie, Inspektor Azémar. Ich kann nur Sie darum bitten. Ich will diesen Hurensohn zu fassen bekommen. Ich will ihm in die Augen sehen, bevor ich ihn erschieße.«

Er hätte den Kommissar gern gefragt, ob er seiner Frau dasselbe Schicksal bereiten würde, wenn sie noch am Leben wäre. Immerhin war sie genauso schuldig wie jener Mann. Mit unsicherer Stimme wiederholte er seine Frage.

»Ist er nicht beim Einsturz des Hotels gestorben?«

»Nein ... Als man mir gemeldet hat, dass das Auto meiner Frau im Hof des Hotels gesehen worden war, bin ich sofort hingefahren. Dank einem Freund, der einen hohen Posten im Bauministerium hat, habe ich in aller Eile einen Bulldozer requiriert. So habe ich Aldrines Leiche gefunden.«

»Sonst niemanden?«

»Noch eine andere Person. Den Angestellten, der zu dieser Zeit am Empfang war.«

»Tot, natürlich.«

»Nein«, antwortete Kommissar Solon, »er lebt noch, aber er liegt im Koma. Schädeltrauma. Ich habe ihn auf meine Kosten in ein privates Krankenhaus bringen lassen. Er wusste bestimmt, mit wem meine Frau zusammen war.«

Inspektor Azémar war in einem Sarkophag aus Eis gefangen. Seine Glieder waren gefroren. Nadeln bohrten sich in seine Finger- und Zehenspitzen. Eine kalte Hand umklammerte seine Kehle. Er bekam auf einmal keine Luft mehr. Vor seinen Augen ging ein schwarzer Vorhang nieder. Er wollte nach der Flasche unter seinem Hemd greifen, besann sich aber rechtzeitig, dass der Kommissar darüber nicht erfreut wäre. Ohne dass es ihm anzusehen war, war er doch tief geprägt durch die Grundsätze seiner militärischen Ausbildung. Wie war es mit ihm so weit gekommen? Damals, als er noch kein solches Wrack war, hatte er unzählige Säuberungen und manches Komplott der Schwärme von Hofschranzen überlebt, von denen die Flure der Polizei verseucht waren. Und nun war er in seinem Delirium in vollem Tempo vor die Wand gefahren. Er war tot, zerquetscht wie jene Frau im Hotel. Er war nur noch ein Zombie, nur noch zum Schein ein Mensch. Es war nur eine Frage von Stunden oder Minuten, bis ihm der Lebenshauch abgeschnitten wurde. In einem letzten Versuch, an die Oberfläche zurückzukommen, dachte er an Mireya. Vergeblich schlug er in dem Nebel, der ihn einhüllte, um sich: Je mehr er sich wehrte, desto tiefer versank er.

»Es ist nicht gesagt, dass jemand bei ihr war.«

»Ich habe die Überreste des Zimmers inspiziert. Ich bin Polizist, Inspektor, kein so brillanter wie Sie, aber ich kann einigermaßen logisch denken. Sie war nackt. Ich habe eine rasche Genitaluntersuchung vorgenommen. Auf den Überresten von Aldrines Körper waren eingetrocknete Spermaspuren. Ich konnte keine Proben nehmen, aber eine DNA-Analyse würde ohne Datenbank sowieso nichts bringen. Meine Frau hat sicher nicht mit Verbrechern verkehrt. Man müsste einen oder mehrere Verdächtige aufspüren und ihre DNA vergleichen. Auf welcher

Grundlage? Es wurde kein Verbrechen verübt. Nur Ehebruch. Ich habe ein paar Schuhe und Socken gefunden. Geschmacklose, abgetretene Schuhe, zu gewöhnlich, um irgendwelche Hinweise zu liefern. Schuhe von der billigen Sorte, die auf der Straße verkauft wird. Ich bring den Kerl um, Inspektor. Ich habe es an der Leiche meiner Frau geschworen.«

»Hatten Sie Ihre Frau nicht im Verdacht, Sie zu betrügen? Hat es in Ihrer Beziehung in der letzten Zeit gekriselt?«

»Wie bei allen Paaren hat es auch bei uns Durchhänger gegeben«, gab Kommissar Solon zu. »Aber ich habe nie geahnt, dass sie mich betrügt. So zu sterben! Daran ist er schuld. Er wird dafür bezahlen, Inspektor Azémar, und Sie werden ihn finden.«

»Es liegt keinerlei Delikt vor«, wandte Azémar ein.

Kommissar Solon schlug mit der Faust auf den Tisch.

»Sind Sie nun mein Freund, ja oder nein? Wer hat Sie in all den Jahren geschützt, Inspektor? Ich verlange eine Gegenleistung. Packen Sie den Mann am Kragen. Sie sind in dieser verrotteten Institution und womöglich im ganzen Land der Einzige, den ich schätze. Weil ich weiß, dass Sie sich mit Ihren Lastern nur über Ihr Leiden am Leben hier hinweghelfen. Enttäuschen Sie mich nicht, Inspektor.«

Er wischte sich mit dem Handrücken über die Augen.

»Ich bitte Sie, enttäuschen Sie mich nicht.«

Azémar wusste nicht, was er sagen sollte. Trotz der Eisnadeln an seinen Fingerspitzen juckte es ihm in den Händen. Er musste zur Flasche greifen, und dafür musste er sich verabschieden. Sich einen Moment entfernen. Nicht nur, um zu trinken, sondern auch um zu überlegen. Um in der Finsternis eine Kerze anzuzünden.

»Was soll ich als Erstes machen, Herr Kommissar?«, hörte er sich fragen.

»Behalten Sie den Hotelangestellten, der im Koma liegt, im Auge. Ich habe mich erkundigt. Er war an diesem Nachmittag allein. Er hat die Gäste empfangen, die Zimmer gemacht und die Bestellungen angenommen. Das Hotel hat nur Getränke verkauft und mit absoluter Diskretion geworben.«

Der Kommissar reichte ihm eine Karte.

»Das ist die Adresse des Krankenhauses. Unser Mann liegt auf Zimmer 14.«

»Sonst haben Sie nichts gefunden ... an der Leiche Ihrer Frau?«

»Nichts ... Absolut nichts.«

Einige Moleküle *soro* auf den Bettlaken und dem Teppich, dachte Azémar. Könnte eine wissenschaftliche Analyse zur Identifizierung des Liebhabers von Madame Solon beitragen? Er erinnerte sich, dass sie behauptet hatte, sie müsste ihm etwas sagen, was ihren Mann betraf. Etwas Wichtiges, als wäre das Leben ihres Mannes bedroht. Das hatte ihn dazu bewogen, sich entgegen jeder Vorsicht mit ihr zu treffen. Und dann hatte sie sein Widerstreben überwunden. Der *soro*! Ein plötzliches Begehren. Das Verlangen nach Sex, das ihn manchmal zum reinen Tier werden ließ. Hatte sie gelogen, um ihn zu treffen?

»Hatten Sie in letzter Zeit persönlichen Ärger?«

»Was soll diese Frage?«, antwortete der Kommissar brüsk.

»Wenn ich Ihnen helfen soll, müssen Sie mir alles sagen.«

»Das hat nichts damit zu tun, was in diesem Hotel passiert ist«, sagte Kommissar Solon kurz angebunden.

»Ihre Frau hat mich gestern angerufen, weil sie mit mir sprechen wollte. Sie sagte, Sie hätten ein Problem ... Nichts zwischen Ihnen und ihr, es ging um Sie.«

Kommissar Solon würde die Anrufliste seiner Frau durchgehen und sehen, dass sie mit Inspektor Azémar telefoniert hatte. Es gab nun eine Erklärung dafür. Der Kommissar würde freilich Zugang zu den Aufzeichnungen der Gespräche verlangen, und dann würde es gefährlich werden. Das würde allerdings einige Zeit dauern. Genehmigungen müssten eingeholt werden. Das Chaos durch das Erdbeben würde dem Kommissar die Aufgabe erschweren.

»Sie ist tot, Azémar. Ich mag Probleme haben. Schwerwiegende Probleme. Aber sie hätte Ihnen ohne mein Einverständnis nicht davon erzählen dürfen.«

»Ich sollte Ihnen helfen ... Vielleicht gegen Ihren Willen ... Jedenfalls hatte ich nicht die Zeit, sie zu treffen, was ich bedauere.«

»Wenn Sie mir helfen wollen, dann machen Sie diesen Mann ausfindig, und dann überlassen Sie ihn mir und vergessen alles. Was den Rest betrifft, so bin ich groß genug, um allein klarzukommen.«

Azémar sagte nichts. Er betrachtete betrübt, verschämt seine schmutzigen Schuhe voller Schlammspritzer. Geschmacklose Schuhe, wie sie auf den Straßen verkauft wurden. Kein Vergleich mit den Markenschuhen, die der Kommissar trug. An diesem Morgen war kein Schuhputzer auf der Straße.

»Befragen Sie alle anderen Angestellten des Hotels für den Fall, dass meine Frau auch an anderen Tagen mit diesem Mann dort war. Ich versuche, jemanden von der Handygesellschaft zu kontaktieren, mit der meine Frau einen Vertrag hatte. Das legale Verfahren dauert zu lange, und ich hab's eilig. Ich habe dieser Person vor nicht allzu langer Zeit aus der Patsche geholfen. Ich habe noch ein Dossier in der Hand, das ihr einigen Ärger einbringen kann.«

Er ballte die Fäuste.

»Sie kümmern sich um alles, Inspektor Azémar. Ich verlange nur, dass Sie ihn mir bringen. Und dann eine Kugel in den Kopf. Ich versichere Ihnen, er wird es bereuen, dass er lebend aus dem Hotel entkommen ist.«

Er stand auf.

»Gehen wir nach draußen, es ist heiß unter dieser Plane.«

Sie gingen in den Hof.

»Versprechen Sie es mir, Inspektor?«

»Ich verspreche es Ihnen, Herr Kommissar«, antwortete er mit zugeschnürter Kehle.

Ein kleiner Suzuki-Jeep hatte kaum drei Meter vom Zaun entfernt am Straßenrand angehalten. Der Fahrer, ein junger Mann mit Dreadlocks, beobachtete sie. Azémar sah nur seinen Oberkörper, aber das reichte aus, um festzustellen, dass er die Uniform eines Sicherheitsdienstes trug. Als der Rasta am Steuer den Kommissar erblickte, fuhr er sich als eindeutige Drohung mit der rechten Handkante unter dem Kinn entlang, dann startete er. Azémar hätte schwören können, dass der Fahrer dabei kicherte.

»Kennen Sie ihn?«, fragte er den Kommissar.

»Nein«, antwortete der Kommissar mit unsicherer Stimme. »Bringen Sie mir diesen Mann, Inspektor. Schnell!«

*

Er hatte beschlossen, seine Angst vor dem Beton zu überwinden und sich in sein Büro zu flüchten. Es war ein einziges Durcheinander. Von dem Beben war das Regal umgestürzt, in dem er seine Rechts- und Kriminologiebände sowie die Romane verwahrte, die er gern las. Er pflegte sich dabei einzuschließen und den Schlüssel zweimal herumzudrehen, um bei dieser ungewöhnlichen Tätigkeit nicht überrascht zu werden. Der Inhalt des Regals lag über das ganze Zimmer verstreut. Ein

Globus aus Glas, ein Geschenk von Kommissar Solon, war in tausend Kristalle zersprungen. Der Inspektor erkannte sich in der Ansammlung von Splittern wieder. Es würde ihm nicht gelingen, die Stücke von Dieuswalwe Azémar wieder zusammenzufügen, dachte er sich. Auch er war zerbrochen in diesem Hotelzimmer unter dem Körper der vom Beton zerquetschten Frau. Um seinen Gedankenfluss zu bremsen, machte er sich fieberhaft daran, sein Büro wieder einigermaßen in Ordnung zu bringen. Die Angst, die Decke könnte vollständig herunterfallen und ihn zu Brei verwandeln wie in einem Mörser, fuhr ihm in die Eingeweide. Gleichzeitig hinderte ihn ein Wunsch, sich auszulöschen, eine Art Todestrieb, daran, durch den Flur ins Freie zu flüchten. Er stellte das Regal wieder auf und räumte in wahnsinniger Eile die Bücher wieder ein. Mithilfe von zwei Heften fegte er die Kristalle des Globus auf. Es gelang ihm, das Zimmer wieder mehr oder minder normal aussehen zu lassen. Er öffnete das Fenster, was er schon lange hätte tun sollen, denn auf diese Weise wurde es etwas heller. Die Wände hatten keine Risse, aber durch die Stärke des Bebens war stellenweise der Putz abgeplatzt und ließ die nackten Blöcke sehen. Die Polizisten im Hof wunderten sich wohl nicht, sie machten für seine brüske Entscheidung, trotz der Risiken in sein Büro zurückzukehren, sicher ein morgendliches Delirium verantwortlich.

Er setzte sich an seinen Arbeitstisch und stellte sich vor, wie die Decke über ihm nachgab. Ein weiteres Mal musste er tief durchatmen, um die panische Angst in den Griff zu bekommen. Er sah keinen anderen Ausweg aus der Sackgasse als seine Vernichtung. Das Erdbeben hatte die äußere Stadt zerstört und auch seine innere, das bisschen Selbstachtung, das ihn am Leben hielt, wenn der Blick eines jeden ihn daran erinnerte, dass er nur noch ein Wrack war, mit dem die Nutten sich nur wegen seines Abzeichens als Polizeiinspektor abgaben. Ansonsten würde man sogar sein Geld verschmähen. Man würde ihn überall mit dem zischenden Laut empfangen, mit dem die Frauen ihren Ekel und ihre Verachtung so gut auszudrücken wissen.

Er drehte und wendete die Karte, die Kommissar Solon ihm gegeben hatte, in den Händen. Hospital Sainte-Justine! Wie seine *tranpe*-Händlerin. Er fasste das als böses Vorzeichen auf, zumal Madame Justine ihm empfohlen hatte, für sein Seelenheil Gott um Verzeihung zu bitten! Er war kein Atheist und konnte sich auch nicht vorstellen, dass ein Haitianer Atheist sein könnte. Er glaubte jedoch nicht an den

Gott, für den die Menschen auf den Straßen und in den Überresten der Tempel und Kirchen zu Tausenden Gebete plapperten. Sobald er an den Himmel, das Leben und den Tod dachte, wurde er völlig verwirrt. In solchen Momenten akuter existenzieller Not versank er am tiefsten in der Ausschweifung und im Alkohol.

Zimmer 14! Er erinnerte sich an den Namen des Angestellten, denn er war nicht zum ersten Mal in dieses Hotel gekommen. Er hatte einige flüchtige Eroberungen dorthin mitgenommen, seit er wegen Mireya das Schlafzimmer seiner Wohnung nicht mehr dafür benutzte. Moricène! Der junge Mann bediente ihn immer beflissen, da er erraten hatte, dass er es mit einem Chef zu tun hatte, auch wenn der aussah wie ein alkoholabhängiger Stadtstreicher. Wenn Moricène wieder zum Leben erwachte, war Azémar ein toter Mann. Kommissar Solon würde ihm diesen Verrat nicht verzeihen, und Moricène würde nicht nachgeben, wenn der Inspektor ihn unter Druck setzte. Wie die Wahl zwischen einem Wrack wie ihm und einem der Macht nahestehenden Kommissar ausfallen würde, war keine Frage. Seine einzige Chance war, dass Moricène aus dem Koma nicht mehr erwachte. Was vom Leben des Inspektors noch übrig war, hing an einem seidenen Faden. Würde er mit dieser Bedrohung leben können? Schlimmer noch, wie sollte er die Freundschaft des Mannes ertragen, der bei zahlreichen Gelegenheiten bewiesen hatte, dass er große Stücke auf ihn hielt? Selbst unter der Annahme, dass Moricène nie aus dem Koma erwachte, würde er die Bürde seiner Schuld mit sich herumtragen. Er würde das Einzige entbehren müssen, das ihm bisher das Überleben in diesem Land ermöglicht hatte, nämlich das bisschenSelbstachtung, das ihm geblieben war. Jenes bisschen Selbstachtung, das sich in den Trümmern des Hotels verflüchtigt hatte, als der Körper der zerquetschten Frau auf ihm lag. Das Beste, was er tun konnte, dachte er sich, war Solon alles zu gestehen. Sollte der ihm eine Kugel in den Kopf jagen. Was er nicht ertragen konnte, war der Gedanke an den verächtlichen, angeekelten Blick des Kommissars. Er ließ sein Gesicht auf das kalte Metall des Schreibtisches fallen. Ein tobender Fluss riss ihn mit, trieb ihn auf die Abgründe am Ende der Welt zu. Er wünschte sich, dass alles aufhören möge. Einen letzten Erdstoß, damit der Einsturz des Gebäudes seiner Not ein Ende setzte. Ein leichtes Nachbeben erschütterte das Zimmer. Nichts rührte sich. Er war noch am Leben. Jemand klopfte heftig an die Tür.

»Herein!«, rief er, ohne sich darum zu scheren, wer das Risiko auf sich nahm, zu ihm ins Büro zu kommen.

Die Tür öffnete sich und Marie-Marthe trat ein. Ihr war anzusehen, dass sie sich hastig angezogen hatte, wie alle Port-au-Princer an diesem Tag. Eine verwaschene Jeans. Ein T-Shirt, das die charismatische Bewegung pries. Die Flut ihrer Haare wurde von einem Taschentuch gebändigt, das sie sich um den Kopf gebunden hatte. Ihr Gesicht drückte Müdigkeit aus, aber auch noch etwas anderes, das mit Verwirrung oder Schrecken zusammenhing. Dennoch war bei ihr die Energie jener Frauen, die es gewohnt sind, im Nahkampf mit dem Leben und den anstürmenden Widrigkeiten keinen Fußbreit Boden preiszugeben, fast mit Händen zu greifen.

»Ich muss dich sprechen, Dieuswalwe ... Du wirst mich für verrückt halten.«

Marie-Marthe war seine Geliebte gewesen. Eine der wenigen Frauen, mit denen er eine dauerhafte Beziehung eingegangen war. Um Marie-Marthes Tochter Doris zu retten, hatte er Marasa erschossen, einen Magier, von dem hochgestellte Personen abhängig waren. Die Sache wäre ihn beinahe teuer zu stehen gekommen.

»Hier können wir nicht bleiben«, bemerkte Dieuswalwe im Aufstehen.

Er hätte gern hinzugefügt, dass es für ihn eine gute Sache wäre, dort zu sterben, aber sie hätte ihn nicht verstanden, hätte Erklärungen verlangt. Azémar war nicht bereit, seine Hölle zu teilen. Mit einem Priester, um Gott um Vergebung zu bitten? Er konnte sich nur schwer vorstellen, wie er in einem Beichtstuhl sein Herz ausschüttete.

»Wir bleiben hier«, schrie Marie-Marthe in einem plötzlichen hysterischen Anfall. »Ich kann nicht mehr, Dieuswalwe ... Ich kann nicht mehr.«

»Deine Tochter ...?«

»Nein, es geht nicht um Doris, sondern um Jacques Philostène. Er ist gestern Nachmittag beim Erdbeben gestorben.«

Die Nachricht versetzte dem Polizisten einen Schlag. Jacques Philostène war ein Freund, vor allem aber ein begabter und sehr renommierter Maler. Nun erst fiel ihm auf, dass er ihr nicht angeboten hatte, sich zu setzen. Er rückte einen Stuhl zu ihr hin, sie ließ sich erleichtert darauf nieder.

»Wo ist er gestorben?«, fragte der Inspektor und nahm wieder hinter seinem Schreibtisch Platz.

»Bei sich zu Hause.«

Sie zitterte. Er stand auf und wollte sie umarmen, um sie zu trösten, aber sie hielt ihn mit einer Handbewegung auf.

»Komm nicht in meine Nähe! Ich bin verflucht, Dieuswalwe. Ich bin reif für die Hölle.«

»Ich verstehe nicht, warum solltest gerade du verflucht sein? Wir sind doch alle verflucht.«

»Du wirst es verstehen, wenn ich dir alles erzählt habe.«

Marie-Marthes Stimme hatte einen seltsamen Tonfall angenommen. Er war selbst zu verwirrt, um zu bemerken, dass die Verstörtheit der jungen Frau mit dem Tod eines Liebhabers, eines Ehepartners, eines geliebten Mannes oder sogar eines Kindes, das sie mehrere Monate in ihrem Leib getragen hatte, nichts zu tun hatte. Es war etwas anderes. Eine Aura des Wahnsinns lag um sie. Etwas Unerklärliches, das ihn erschauern ließ.

»Jacques Philostène ist gestern Abend zu mir gekommen. Das Viertel ist verschont geblieben. Er ist die ganze Nacht geblieben und im Morgengrauen gegen vier Uhr wieder gegangen. Ich habe ihn gesehen, wie ich dich jetzt sehe, und er hat mit mir geschlafen, Dieuswalwe.«

Sie hielt sich das Gesicht mit beiden Händen und wiederholte schreiend mit schriller Stimme: »Er hat mit mir geschlafen!«

»Aber du sagst doch, dass er beim Erdbeben gestorben ist.«

»Das wusste ich nicht, als er in der Nacht zu mir gekommen ist. Hätte ich es gewusst, hätte ich nicht zugelassen, dass er mich berührt.«

Dieuswalwe setzte sich ihr gegenüber auf seinen Schreibtisch.

»Beruhige dich und lass uns die Tatsachen rekapitulieren. Du behauptest, Jacques sei beim Erdbeben umgekommen.«

»Ja ... Ich habe erst vor zwei Stunden seine Leiche unter den Trümmern von einem Teil seines Ateliers gesehen.«

»Und er ist diese Nacht zu dir gekommen. Du hast ihn berührt. Er hat mit dir geschlafen.«

»Ja ... Ja ... Ja ...«, antwortete sie, jede Silbe betonend. Das Zittern ihrer Stimme kündigte einen Weinkrampf an.

»Bist du sicher, dass die Leiche unter den Trümmern des Ateliers die von Jacques war?«

»Ich kenne Jacques Philostène«, keifte Marie-Marthe.

Sie sagte immer Jacques Philostène, niemals einfach Jacques. Auf diese Weise betonte sie den Respekt, den sie ihrem weit älteren Liebhaber entgegenbrachte.

»Jetzt beruhigst du dich und antwortest klar auf meine Fragen. Er ist also diese Nacht zu dir gekommen und dann wieder gegangen. Anschließend bist du zu ihm gegangen.«

»Er hatte sein Handy vergessen. Er ist bei dem einzigen Netz, das das Erdbeben überstanden hat. Das Telefon hat geklingelt. Ich habe abgenommen. Es waren ausländische Freunde von ihm, die sich nach ihm erkundigen wollten. Ich habe mir gedacht, dass er bestimmt zu Hause oder in der Gegend ist. Ich bin also aus dem Haus gegangen, um ihm das Telefon zu bringen. Ein Teil des Schuppens, in dem er sein Atelier hatte, war eingestürzt. Ich habe seine Leiche unter den Steinblöcken gesehen. Er war es. Sein Bruder Franck und seine Frau Rose-Marie haben mich entsetzt angeschaut, als ich ihnen gesagt habe, dass Jacques Philostène die Nacht bei mir verbracht hatte.«

»Die Geschichte ergibt keinen Sinn«, sagte Azémar, den eine plötzliche Migräne befiel.

Seit jenem Augenblick in dem Hotelzimmer hatte er alle möglichen Unpässlichkeiten verspürt, aber noch keine Migräne! Die Kopfschmerzen vernichteten ihn, reduzierten alle seine Fähigkeiten auf null. Er musste sich in der nächsten Stunde ein paar Aspirintabletten besorgen. Für Kommissar Solon sollte er den Liebhaber seiner Frau finden, damit der ihn kaltmachen konnte, den Liebhaber, der niemand anders war als er, Inspektor Azémar, und dann erzählte ihm Marie-Marthe, sie habe mit einem Zombie geschlafen ... Das war mehr, als er verkraften konnte. Er selbst glaubte nicht allzu sehr an Zombies. Zumindest nicht, bis er sich selbst davon überzeugt hatte, dass die Sache sich wirklich zugetragen hatte. Seine Landsleute waren zu leichtgläubig; sie schluckten jeden Blödsinn, und das hatten viele ausgenutzt.

»Ein Zombie, der mit dir schläft und obendrein ein Telefon bei dir vergisst, das ergibt keinen Sinn«, wiederholte der Inspektor.

»Ich habe nicht geträumt«, entgegnete Marie-Marthe.

»Bist du sicher, dass er das Telefon nicht lange, bevor er in dieser Nacht gekommen ist, vergessen hat und du es nicht bemerkt hast?«

»Ich weiß, dass du ein Ungläubiger bist, Dieuswalwe. Du glaubst weder an Gott noch an den Teufel. Nein, das Telefon war vorher nicht da.«

»Deswegen bist du gekommen, oder? Damit ich dir helfe zu verstehen.«

Sie nickte.

»Aber gibt es da etwas zu verstehen, außer dass ich verflucht bin? Der Tod hat mich berührt, Dieuswalwe ... Und wenn ich jetzt das Kind eines Zombies zur Welt bringe? Das war ein unpassender Tag. Er hat ungeschützt mit mir geschlafen, ohne sich darum zu kümmern, ob ich meine fruchtbaren Tage hatte!«

»Marie-Marthe, bleiben wir logisch, obwohl das sehr schwierig ist in diesem beschissenen Land, vor allem, wenn der Erdboden uns jeden Moment verschlingen kann. Entweder hast du wie ich zu viel *soro* getrunken und hattest Halluzinationen oder ...«

»Ich trinke nie«, unterbrach sie ihn trocken, »und Halluzinationen habe ich auch nicht.«

»... oder Jacques Philostène war nicht tot.«

»Ich sage dir doch, dass ich seine Leiche gesehen habe.«

»Als er dich im Arm gehalten hat, kann er nicht tot gewesen sein. Wenn du heute Morgen seine Leiche gesehen hast, dann ist er danach gestorben ... Lange nach dem Erdbeben.«

»Sein Bruder Franck und seine Frau Rose-Marie haben mir versichert, dass er beim Erdbeben umgekommen ist.«

Dieuswalwe Azémar seufzte. Er hatte im Moment ein wichtigeres Problem zu lösen, nämlich aus der Sackgasse herauszukommen, in die er durch den Tod von Aldrine Solon geraten war. Gleichzeitig war es ihm unmöglich, Marie-Marthe im Stich zu lassen. Es kam ihm vor, als hätte sich das Erdbeben mit seiner gesamten Stärke auf ihn konzentriert.

»Wir klären das auf, Marie-Marthe ... Ich versprech's dir. Ich gehe noch heute bei Jacques Philostène vorbei. Aber ich muss dir sagen, dass ich in einer sehr heiklen Lage bin. Ich hab etwas sehr Dringendes zu regeln.«

Sie unterdrückte ein Schluchzen, während sie sich mit dem Handrücken die Nase abwischte.

»Danke, Dieuswalwe ... Ich wusste, dass ich auf dich zählen kann.«

Sie hielt sich den Kopf mit beiden Händen.

»Was mache ich jetzt, wo Jacques Philostène tot ist? Er hat mir und meiner Tochter geholfen.«

Der Inspektor wagte nicht zu antworten, dass er ja da war und sie unterstützen konnte. Marie-Marthe war seine Geliebte gewesen. Er hatte sie ziehen lassen müssen, damit sie sich voll ihrer Beziehung mit Jacques Philostène widmen konnte, welcher es sich leisten konnte, sie auszuhalten. Sein mageres Polizistengehalt reichte nicht aus, um seine Wohnung, das Schulgeld für Mireya sowie seine Trinkexzesse und Ausschweifungen zu bezahlen und obendrein eine Frau im Haus zu haben.

»Geh nach Hause ... ich statte Jacques' Bruder einen Besuch ab ... Die seltsame Geschichte, die du mir da erzählt hast, wird mich auf andere Gedanken bringen.«

Ja, sie würde ihn auf andere Gedanken bringen. In seiner Hemdtasche brannte ihm die Karte von Kommissar Solon auf der Haut. Wenn Moricène wieder zum Leben erwachte? Der Inspektor begriff, dass er mit dieser ständigen Bedrohung nicht leben konnte. *Soro* hin oder her, als er bereit gewesen war, mit der Frau seines einzigen Freundes in dieses Hotel zu gehen, hatte er eine Grenze überschritten. Es gab kein Zurück mehr. Was einmal Azémar gewesen war, das hatte er weit hinter sich gelassen. Kommissar Solon würde nicht locker lassen, bevor er sicher war, dass nichts unversucht geblieben war, um Licht in diese Angelegenheit zu bringen.

»Ich möchte, dass du mir einen Gefallen tust, Marie-Marthe.«

»Was?«, fragte Marie-Marthe, die bereits aufgestanden war, um zu gehen.

»Ich möchte jemanden treffen ...«

Er zögerte.

»... der sich mit Giften auskennt ... Einen *bòkò** ... Ich weiß, dass du und deine Familie früher mal ...«

Marie-Marthe funkelte ihn an.

»Sind Marasa und sein Bruder nicht genug? Du musst dich zu Jesus bekehren, Dieuswalwe ... Wenn du das Böse mit Bösem bekämpfst, zerstörst du deine Seele.«

»Es ist nicht das, was du denkst ... Ich habe dir doch gesagt, dass ich in einer sehr heiklen Lage bin. Ich habe einen wichtigen Fall zu lösen. Ich brauche den Rat von jemandem, das ist alles.«

»Lügst du mich auch nicht an?«

»Ich bitte dich.«

Sie überlegte einen Moment.

»Da gibt es Landeng ... Wenn er beim Beben nicht umgekommen ist, kannst du ihn konsultieren.«

Sie gab ihm eine Adresse und eine Telefonnummer, die vermutlich nicht mehr viel nütze war. Das Netz funktionierte seit den Erdstößen nicht mehr.

»Wenn ihm etwas passiert, Dieuswalwe, dann war es das zwischen dir und mir ... Überlasse es Gott, das Böse zur Vernunft zu bringen.«

»Lass mich jetzt allein. Ich habe zu arbeiten. Ich melde mich bei dir, sobald ich etwas über Jacques weiß.«

Sie trat rasch zu ihm hin, um einen Kuss auf seine Lippen zu drücken. Er versuchte, sie zurückzuhalten.

»Ich habe dir doch gesagt, dass ich verflucht bin. Ich habe mit einem Toten geschlafen.«

Sie machte sich los und verließ eilig den Raum.

Das Hospital Sainte-Justine war offensichtlich vom Erdbeben verschont geblieben, obwohl mehrere Häuser dieses ehemals bürgerlichen Viertels von Port-au-Prince eingestürzt waren. Im Hof lagen in einem Höllendurcheinander Dutzende von Verletzten, begleitet von Angehörigen, die gellend nach einem Arzt riefen. Stündlich kamen weitere. Zwei bewaffnete Sicherheitsleute diskutierten mit drei Männern, die auf einer Trage einen Verletzten gebracht hatten, der unterwegs gestorben war. Die Wächter erklärten ihnen, die Leichenhalle des Krankenhauses sei voll und sie sei ohnehin den ordnungsgemäß angemeldeten Kranken vorbehalten, die unter den Augen der von der Einrichtung zugelassenen Pflegekräfte verschieden seien. Ein Wort gab das andere. Ein Sicherheitsmann lud sein Gewehr durch. Andere Personen griffen ein und verhinderten, dass die Diskussion in eine tätliche Auseinandersetzung ausartete. Die drei Männer gingen wieder und nahmen den Toten auf der Trage mit sich.

Dieuswalwe Azémar bahnte sich durch die Verletzten und ihre Angehörigen einen Weg zu der ebenfalls von bewaffneten Sicherheitskräften bewachten Eingangstür. Er hielt ihnen seine Polizeimarke unter die Nase und schlüpfte in das Gebäude, wo eine Krankenschwester an einem so hohen Schreibtisch thronte, dass sie dahinter stehen musste. Ihrem Gesicht war sowohl die Erschöpfung anzusehen als auch die Angst, sich in diesem Betongebäude zu befinden. Keine sichtbaren Risse in den Wänden, bemerkte Azémar. Immerhin.

»Zimmer 14«, sagte er.

»Besuche polizeilich untersagt«, antwortete die Krankenschwester in müdem Ton.

»Ich bin von der Polizei«, sagte er und schwenkte erneut seine Marke.

Sie sah erst die Marke, dann den Inspektor an und rümpfte verächtlich die Nase. Er war diese Reaktion gewöhnt. Es stimmte, dass er nicht aussah wie ein hoher Polizeibeamter, sondern vielmehr wie einer der Trunkenbolde, die in den Nuttenbars am Stadtrand von Port-au-Prince oder vor den für die Qualität ihres *kleren* berühmten Läden herumlungerten. Während die Krankenschwester etwas in das Heft vor ihr auf dem Pult schrieb, bemerkte er einen Sicherheitsmann mit Dreadlocks, der, einen Karabiner auf dem Schoß, auf einem Stuhl vor einem Fenster saß. Er trank mit geistesabwesendem Ausdruck aus einer Dose. Der Inspektor erkannte ihn. Es war der junge Mann, der Kommissar Solon durch das Gitter vor dem Polizeirevier bedroht hatte.

»Wenn Sie keine Angst haben, dass Ihnen das Gebäude auf den Kopf fällt, dann gehen Sie die Treppe hoch. Erster Stock, linker Flur, zweites Zimmer.«

»Wer ist eigentlich dieser Sicherheitsmann mit den Dreadlocks?«, fragte der Inspektor in gespielt gleichgültigem Ton.

»Ach der!«, rief die Krankenschwester aus, deren Gesicht plötzlich einen verschlossenen Ausdruck bekam. »Der Direktor hat ihn aus irgendeinem Grund angenommen. Er arbeitet nur nachmittags.«

Sie neigte sich zum Inspektor hin.

»Er soll der Schützling eines mächtigen Bandenchefs aus Cité Soleil sein. Er glaubt, er kann sich alles erlauben. Aber mir macht er keine Angst.«

»Es gibt nichts, was es heutzutage nicht gibt, Mademoiselle«, seufzte der Inspektor. »Vielen Dank für die Information.«

Nun musste er nach oben zu Moricène gehen. Er wusste, dass er das, was passieren musste, nicht mehr verhindern konnte. Angesichts des Unvermeidlichen findet der Geist nach einem Moment der Ratlosigkeit und der Angst zu einer gewissen Gelassenheit. Man hat dann nur noch eines im Sinn, nämlich dem Schicksal eine lange Nase zu drehen, ihm zu zeigen, dass man mit der Zeit, die einem zu leben bleibt, in völliger Freiheit tun kann, was man will. Das Leben war ein Pokerspiel mit dem Unsichtbaren, dem Unbekannten. Nur dass der Mensch, also er, ehrlich spielen konnte. Er riskierte jedoch immer ein Foulspiel oder eine hinterhältige Attacke wie sein Zusammensein mit dieser Frau im Hotel. Er betrachtete sich nun, wie die anderen ihn betrachteten: mit Ekel und Verachtung. Er durfte sich jedoch nicht gehen lassen, sondern musste trotz allem überleben. Für seine Tochter Mireya. Um sie nicht allein zu lassen, im Visier der Raubtiere, von denen es in diesem Land so viele gab.

Er stieg die Treppe fast im Laufschritt hoch und war erstaunt, dass er noch normal atmete, als er im ersten Stock ankam. Er bog nach links ab und fand Zimmer 14. Auf einer Bank im Flur saßen Leute. Einige weinten, andere beteten. Er öffnete die Tür und erblickte einen Mann im weißen Kittel, der sich über einen Körper in einem Bett beugte. Die Einrichtung des kahlen Zimmers bestand nur in einem Infusionsständer, an dem der Beutel mit Serum hing, der mit dem Arm des Patienten verbunden war. Der Arzt wandte sich dem Neuankömmling zu.

»Sie sind nicht befugt, das Zimmer zu betreten.«

Der Inspektor zeigte ein weiteres Mal seine Marke vor.

»Inspektor Dieuswalwe Azémar von der Polizei. Dieuswalwe mit zwei W. Kommissar Solon schickt mich.«

»Der Mann muss ziemlich wichtig sein, dass der Kommissar seine stationäre Behandlung bezahlt«, bemerkte der Arzt, während er den Puls des Kranken fühlte. »Ein Verwandter von ihm?«

»Eine Affäre, die die Polizei betrifft«, sagte der Inspektor. »Wie geht es ihm?«

»Das kann man nicht wissen. Wir haben hier nicht die Ausrüstung für solche Fälle. Die einzige gute Nachricht ist, dass das Schädeltrauma nicht so schlimm ist, wie wir angenommen hatten.«

»Das heißt?«

»Er könnte recht bald aus dem Koma aufwachen. Aber wir können keine Voraussage treffen.«

Er richtete sich wieder auf und zuckte resigniert mit den Schultern.

»Uns fehlt das Nötigste. Dennoch tun wir, was wir können. Haben Sie ihn gekannt?«

»Ein bisschen. Deswegen bin ich hier.«

»Dann versuchen Sie, mit ihm zu sprechen. Stimulieren Sie ihn ... Man weiß nicht genau, was im Koma passiert.«

Er reichte ihm die Hand.

»Ich habe mich noch nicht vorgestellt. Doktor Williams, Spezialist für Traumatologie.«

Der Inspektor akzeptierte den Händedruck.

»Der Kommissar hat verlangt, dass niemand außer Ihnen ihn besucht. Ja, er hat Ihren Namen genannt, Dieuswalwe Azémar. Er sagt, er vertraut nur Ihnen. Er schien außer sich. Dieser Mann muss wirklich wichtig für ihn sein ... und für Ihre Affäre.«

Der Arzt heischte nach Vertraulichkeiten. Inspektor Azémar nahm ihm sofort die Hoffnung.

»In dieser Affäre ist absolute Diskretion vonnöten, Herr Doktor.«

»Dann alles Gute«, sagte der Arzt mit schlecht verhohlener Enttäuschung.

»Sind wir in diesem Gebäude sicher?«

»Wir haben früh am Morgen von einem Ingenieur eine rasche Inspektion vornehmen lassen. Die tragenden Teile sind unbeschädigt. Bei einem weiteren Erdstoß dieser Stärke ist aber nichts garantiert.«

»Wenn er aus dem Koma erwacht, dann benachrichtigen Sie mich, Herr Doktor. Ich lasse Ihnen meine Telefonnummer da.«

Der Arzt nahm die Karte, die der Polizist ihm reichte.

»Wir rufen Sie an, Inspektor.«

Er sah Dieuswalwe Azémar mitleidig an.

»Sie sollten auf Ihre Gesundheit achten. Ihre Leber scheint an der Grenze ihrer Belastbarkeit zu sein. Entschuldigen Sie, ich kann nicht vergessen, dass ich Arzt bin.«

Er verließ rasch das Zimmer, als wollte er sich einer möglichen Reaktion des Inspektors entziehen.

*

Er rückte den einzigen Stuhl des Zimmers heran und setzte sich gegenüber dem Kopf des Kranken, den ein blütenweißer Verband bedeckte. Moricène trug nicht mehr sein Tricot mit dem Bild von Wyclef Jean, sondern eine Art Schürze mit dem Monogramm des Krankenhauses. Moricène kannte ihn. Moricène hatte gesehen, wie er zusammen mit Madame Solon im Hotel angekommen war. Er hatte sie zum Zimmer begleitet. Der Flashback der erdrückten Frau im Hotel bedrängte ihn schmerzhaft. Er dachte nicht an die Mündung von Kommissar Solons Waffe an seinem Kopf, obwohl er wusste, dass Solon nicht zögern würde, den Mann, mit dem seine Frau zusammen gewesen war, niederzuschießen. Er hatte mit eigenen Augen gesehen, wie Solon Verbrecher hingerichtet hatte, damit die korrupte Justiz sie nicht wieder auf freien Fuß setzte. Er stellte sich den verächtlichen Blick seines Freundes vor. Dieser Blick ging durch ihn hindurch wie ein rotglühendes Eisen. Der Schmerz krümmte ihn zusammen und ließ einen klagenden Laut über seine Lippen kommen, denn hier war niemand, der Zeuge seines Schmerzes werden konnte. »Nein ... Moricène ... Du darfst nicht sprechen. Du bleibst in deinem Koma.« Eine spöttische Stimme flüsterte ihm zu, dass Gott allein die Entscheidung darüber zustand, ob Moricène aus dem Koma erwachte oder nicht. Er brach in irres Gelächter aus, dann zog er die Flasche an seinem Gürtel unter seinem Hemd hervor. Er trank den Rest *soro* und hoffte, dass das Getränk nicht wieder einmal sein Gedächtnis beeinträchtigte. »Ich kann verhindern, dass Moricène wieder zum Leben erwacht«, sagte er laut. »Ich kann es.« Er stand auf und nahm das freie Kopfkissen, das neben dem Kranken lag. Er brauchte ihm das Kissen nur einige Minuten lang fest aufs Gesicht zu drücken, und die Sache wäre erledigt. Er begann zu schwitzen. Einige Minuten, damit Moricène sicher tot war. Einige Minuten, die er das Kissen auf das Gesicht pressen musste, wie in den Filmen, in denen lästige Zeugen beseitigt werden. Das war schwieriger als eine Kugel in den Kopf. Für die Kugel hätte ein Sekundenbruchteil genügt und es hätte kein Zurück mehr gegeben. Mit dem Kissen dauerte das Überschreiten der Grenze eine unbestimmte Zeit. Sekunden, die eine Hölle sein mussten. Sekunden, die einen zwingen würden, die Tat in Frage zu stellen, die man gerade verübte. Er ließ das Kissen fallen und setzte sich, den Kopf zwischen den Händen, mit zusammengeschnürter Brust und pfeifendem Atem. Es war idiotisch, an das Kissen gedacht zu haben. Während er mit Marie-Marthe gesprochen hatte, hatte er einen Beschluss gefasst. Den einzig möglichen. Diese Lösung wäre lautlos und würde keine Spuren hinterlassen. Moricène würde aus dem Koma nicht mehr erwachen, und Kommissar Solon würde es niemals erfahren. Er, Dieuswalwe Azémar, würde allein mit seiner Schuld leben, aber seine Buße wäre umso schmerzhafter. Es würde ihm nicht gelingen, aus seinem Gedächtnis zu löschen, dass er seinen eigenen Ehrenkodex verletzt hatte. Tief in seinem Inneren wusste er, dass er Solons Freundschaft nicht verdiente. Jedes Mal, wenn der Kommissar ihm seine Wertschätzung bekunden würde, würde er ihm einen Dolchstoß ins Herz versetzen. Er stand mühsam vom Stuhl auf. Er musste sich beeilen, um eine Überraschung, ein Erwachen Moricènes, zu verhindern. Er würde zu Jacques Philostène gehen und die seltsame Geschichte von Marie-Marthe überprüfen. Die Sache stank. Er glaubte nicht an Gespenster. Vor allem nicht an solche, die mit ihrer Geliebten schlafen, sich austoben und dann beim Gehen ihr Handy vergessen. Anschließend würde er seine Höllenfahrt fortsetzen. Würde er zu Landeng, dem *bòkò,* gehen? Welche andere Lösung gab es, um die Katastrophe zu verhindern? Wenn der junge Mann aus dem Koma erwachte, dann spielte das Schicksal nicht fair mit ihm. »Dieuswalwe, es ist unredlich, so zu denken«, ermahnte er sich. »Du verdienst die beiden W* in deinem Vornamen wirklich nicht mehr. Was du gerade vorhast, ist das etwa kein Betrug?«

*

Das Viertel von Jacques Philostène war von den Erdstößen regelrecht umgepflügt worden. Die kaum begehbaren, in schmale Pfade verwandelten Straßen wurden von einer Bevölkerung gestürmt, die noch wie betäubt war, ergriffen von einem heiligen Schrecken, den die improvisierten Pastoren mit ihren Predigten nährten. An den Kreuzungen wurden Leichen aufgestapelt in der Hoffnung, dass die Regierung oder die Stadtverwaltung das Nötige taten. Die Menschen hier, die ihre Toten normalerweise mit einem solchen Respekt behandeln, mussten angesichts des Ausmaßes der Katastrophe ihre Bräuche vergessen. In einigen Stunden würde die Hitze dafür sorgen, dass die Hauptstadt vom Verwesungsgeruch schier erstickte, dachte Inspektor Dieuswalwe Azémar beim Anblick einer Frau, die unter jedem Arm den blutüberströmten Körper eines kleinen Kindes trug. Er ging eine Straße entlang, in der die Häuser auf beiden Seiten eingestürzt waren. Menschen machten sich in den Trümmern zu schaffen und versuchten zu bergen, was sie konnten. Andere schrien, sie hätten Stimmen unter den Ruinen einer Schule gehört, die zusammengefallen war, als sich gerade fünfzig Kinder in den Klassenzimmern befanden. Azémar schlängelte sich durch die Menge, die ihm entgegenkam, überquerte eine Kreuzung und betrat die Straße, in der Jacques Philostène wohnte. Hier waren einige Häuser mit Müh und Not stehengeblieben. Die beiden Stockwerke des Hauses von Jacques Philostène lagen am Boden. Ein unwirkliches Schauspiel. Sollten sich Leute im Inneren aufgehalten haben, als die Erde verrückt zu spielen begann, dann war von ihnen nichts mehr übrig. Das Atelier von Jacques Philostène, das hinten in einem großen Hof lag, war halb zerstört. Eine Wand war teilweise ins Innere gefallen. Leute standen zusammen und diskutierten. Der Inspektor sah unter ihnen Franck Philostène, den Bruder des Malers, in Begleitung seiner Ehefrau. Er hatte Marie-Marthe den Tod von Jacques Philostène verkündet.

»Inspektor Azémar!«, rief Franck Philostène, sichtlich überrascht, ihn zu sehen. »Haben Sie die Nachricht gehört, oder sind Sie nur hier vorbeigekommen?«

»Ich habe von Marie-Marthe erfahren, dass Jacques tot ist«, antwortete der Inspektor, während er den Ort inspizierte. »Wie ist es passiert?«

»Meine Frau Rose-Marie und ich waren gerade auf dem Weg zu

meinem Bruder. Wir wohnen ziemlich weit entfernt. Wir haben oft den Nachmittag bei Jacques verbracht und sind dann am späten Abend wieder zurückgefahren. Im Auto haben wir gespürt, wie die Erde mit unerhörter Kraft gebebt hat. Das war beängstigend. Wir sind ausgestiegen und haben gesehen, wie ein ganzes Viertel vor unseren Augen verschwunden ist. Wir sind zu Jacques gelaufen. Dort bot sich dasselbe Bild. Sein Haus existierte nicht mehr. Aber es gab die Chance, dass er hinten in seinem Atelier war, um zu arbeiten. Es war nur zum Teil eingestürzt. Aber zu unserem großen Schmerz haben wir Jacques Leiche unter einer Mauer gefunden, die das Erdbeben umgefegt hatte! Wir konnten nichts tun, Inspektor.«

Seine Frau schluchzte in ein Taschentuch. Sie war gut angezogen. Zu gut für eine solche Szene. Azémar war ihr früher einige Male begegnet, wenn er kam, um mit dem Maler einen zu trinken. Das war gewesen, bevor Jacques Philostène und Marie-Marthe ein Paar geworden waren. Rose-Marie war ihm immer falsch vorgekommen, sie wirkte, als wäre sie in einer ständigen Aufführung. Eine andere Frau hob die Arme zum Himmel und stieß schrille Schreie aus.

»Die Leiche ist immer noch hier«, sagte Franck Philostène mit gebrochener Stimme. »Wir warten auf Hilfe, um sie freizulegen.«

Der Inspektor trat näher an eine Lücke in den Trümmern des vom Erdbeben erschütterten Teils des Ateliers heran. Franck Philostène rief ihm zu, er sollte achtgeben, denn hier war bestimmt alles im labilen Gleichgewicht. Er sah nur den Kopf der Leiche, der Oberkörper verschwand unter den Steinen und dem Schutt. Sein Handy war mit einer Taschenlampenfunktion ausgerüstet. Er zündete sie an, um den sichtbaren Teil der Leiche zu untersuchen. Weiter zu gehen, war nicht möglich. Das, was vom Atelier übrig war, konnte jeden Moment einstürzen. Im Inneren sah er keine Bilder des Malers. Alles war verschwunden. Dabei hatte Jacques Philostène immer Bilder in seinem Atelier stehen.

»Werden Sie uns helfen, die Leiche zu bergen, Inspektor?«, fragte Franck Philostène mit etwas fiebriger Stimme.

»Marie-Marthe behauptet, Jacques sei in der Nacht zu ihr gekommen«, sagte Azémar.

Franck Philostène bekreuzigte sich rasch.

»Sie muss das zweite Gesicht haben, dass sie ihn gesehen hat, Inspektor. Mein Bruder hat sie geliebt. Er hatte sogar vor, sie zu heiraten. Sein Tod kam so plötzlich, dass er wohl das Bedürfnis verspürt hat, sie zu sehen, bevor er gegangen ist ... Sie war nicht die Einzige, die Jacques in der Nacht gesehen hat. Da waren auch Ismael und sogar Madame Justine.«

»Madame Justine! Wollen Sie behaupten, dass der Tote *soro* getrunken hat?«

»Doch keinen *soro*«, sagte der Bruder empört. »Sie wissen genau, dass Jacques seinen *kleren* pur getrunken hat ... keinen *tranpe*.«

Er suchte mit den Augen in der Menge, die sich im Hof versammelt hatte.

»Ismael ... Komm mal her!«

Ein Mann, der den Arm in der Schlinge trug, kam auf sie zu.

»Erzähl uns, was du gesehen hast.«

Der Mann schüttelte den Kopf um eine schlimme Vision zu verjagen.

»Wie sollte ich wissen, dass er tot war, Herr Inspektor? Seit ich die Nachricht erhalten habe, habe ich eine Gänsehaut. Ich werde mein Leben lang Albträume haben.«

»Wann haben Sie ihn gesehen?«, fragte der Inspektor, dem die Atmosphäre des Ortes bereits unangenehm wurde.

»Ich habe ein Motorrad. Damit verdiene ich meinen Lebensunterhalt ... Er wollte es sich ausleihen. Mitten in der Nacht! Ich habe abgelehnt. Es war schon ein Wunder, dass ich einem Strommasten ausweichen konnte, der einige Zentimeter vom Motorrad entfernt umgefallen ist. Es waren gestern Abend jede Menge Gauner unterwegs, die das Unglück der armen Leute ausgenutzt haben. Ich wollte mein Motorrad nicht riskieren.«

Azémar sah Franck Philostène gerade in die Augen.

»Ist das normal, dass ein Toter *kleren* trinkt, versucht, sich ein Motorrad auszuleihen und obendrein mit seiner Geliebten schläft?«

Franck Philostène bekreuzigte sich ein weiteres Mal.

»Heutzutage sieht man alles Mögliche ... Bei dieser Erschütterung können sogar die Toten ihre Gewohnheiten ändern. Das ist ein Zeichen der Zeit. So steht es in der Apokalypse.«

Seine Frau hatte immer noch kein Wort gesagt. Sie schnäuzte sich zwischen zwei Schluchzern. Da hat jemand seinen Schwager sehr geliebt, dachte der Inspektor ein wenig ironisch. Er nahm seine Flasche, trank einen kräftigen Schluck und wischte sich dann unter den missbilligenden Blicken der Leute, die die Szene beobachteten, mit dem Handrücken den Mund ab. Man wusste ja, dass die Polizei die zweifelhaftesten Individuen einstellte. Das nahm man hin, solange diese Individuen die Spielregeln einhielten und sich einigermaßen korrekt benahmen. Aber sich so im Dienst mit Alkohol volllaufen zu lassen, obendrein mit *tranpe*, einem sozial verpönten weil dem Volk vorbehaltenen Getränk, war zutiefst schockierend.

»Wo sind die Bilder von Jacques hingekommen? In seinem Atelier waren immer welche.«

»Am Nachmittag ist jemand gekommen, um einige Werke von Jacques zu kaufen«, antwortete Franck Philostène. »Ein Weißer ... Ich habe ihn zum ersten Mal gesehen. Später, in der Nacht, haben die Plünderer ziemlich viele Häuser besucht ... Wer konnte darauf achten? Der Fluch des Himmels wird sie einholen, Inspektor.«

Ein weiteres Mal kündigte sich die Migräne durch Klopfen an den Schläfen an. Er hatte vollkommen vergessen, auf die Suche nach Aspirintabletten zu gehen. Zum ersten Mal wunderte er sich, dass er an einer Leiche nichts fühlte. Er hatte in seiner Laufbahn so viele davon gesehen und noch mehr an diesem Vormittag. Wie viele Menschen waren bei dem Erdbeben ums Leben gekommen? Fünfzigtausend? Hunderttausend? Zweihunderttausend? Man würde es nie erfahren. Die traditionellen Haifische aus der haitianischen Regierung und ihre Komplizen von den NGOs würden davon profitieren. Sie würden aus einem Beutegreiferreflex heraus die Zahlen aufblähen, um sich die Sympathie der ganzen Welt zu sichern und die Reichen dazu zu bewegen, ihre Geldbörse zu öffnen. War die Zeit zu gehen gekommen?, fragte sich Dieuswalwe Azémar. Dieses Land, das von so erbärmlichen Leuten regiert wurde, würde sich von der Katastrophe nicht mehr erholen. Er wiederum stand mit dem Rücken zur Wand. Kommissar Solon würde sich nicht geschlagen geben. Früher oder später würde er etwas herausfinden. Dann würde das Leben von Inspektor Dieuswalwe Azémar in sich zusammenbrechen. Mit Mireya zu fliehen, war vielleicht die Lösung. Er dachte an die Dominikanische Republik. Als Polizeiinspektor würde er leicht über die Grenze kommen. Aber wovon sollte er dann leben? Sein einziges Sparbuch wies einen Kontostand von 1263 Gourde aus. Damit konnte er kaum zwei Übernachtungen in einem schäbigen Hotel bezahlen. Ich sitze wie die Maus in der Falle, dachte er niedergeschlagen.

»Niemand fasst die Leiche von Jacques Philostène an«, befahl er brüsk.

»Was soll das heißen?«, fragte der Bruder des Verstorbenen mit weit aufgerissenen Augen.

»Das heißt, dass ich ein Team von der Kriminalpolizei schicke, das die Leiche abholen wird. Ich will eine Autopsie vornehmen lassen.«

»Ich akzeptiere nicht, dass man an meinem Bruder herumschnippelt«, protestierte Franck Philostène. »Wir wissen alle, wie er umgekommen ist.«

»Eben drum«, antwortete der Inspektor. »Er ist ein recht spezieller Toter ... Ein Grund mehr, ihn zu untersuchen und scharf zu bewachen, falls er vorhat, noch andere Leute zu besuchen.«

»Glauben Sie, dass Sie bei dem, was in der Stadt los ist, Leute von der Kriminalpolizei finden werden, um hier eine Leiche abzuholen?« Rose-Marie Philostène griff nun endlich ins Gespräch ein, wobei sie den Inspektor ansah, als hätte sie es mit einem Schwachsinnigen zu tun. »Wir werden die Leiche nicht hier verrotten lassen, wo die Hunde und Ratten sich darüber hermachen können.«

Dieuswalwe Azémar war getroffen. Er musste jedoch die Leiche untersuchen lassen. Diese Geschichte von einem Toten, der nach dem Erdbeben in der Nacht herumspazierte, war verdächtig. Er war zwar Haitianer und als solcher verwurzelt in einer Kultur, in der die Phantasie sich in der Realität breitgemacht hatte. Er würde nicht so weit gehen, zu behaupten, dass Zombies und Wiedergänger nicht existierten. Gleichzeitig hielt er sich streng an das, was er den wahren wissenschaftlichen Zweifel nannte, jenen Zweifel, der verhinderte, dass man sich in Glaubensvorstellungen oder Behauptungen einmauerte. Für Dieuswalwe Azémar waren Atheismus und Bigotterie Kehrseiten derselben Medaille. Er kreuzte, wie er gern sagte, mit dem bisschen klaren Verstand, das der Alkohol ihm ließ, zwischen den verschiedenen Erklärungen, die die menschliche Intelligenz für die Existenz lieferte. In seinem Alltag entschied er von Fall zu Fall und verließ sich dabei auf das einzige Werkzeug, das ihm zur Verfügung stand, auch wenn seine Zuverlässigkeit nicht garantiert war, nämlich seine Logik.

»Dann sehen Sie zu, wie sie die Leiche unter den Trümmern hervorholen. In spätestens zwei Stunden kommt ein Gerichtsmediziner und untersucht sie an Ort und Stelle.«

Franck Philostène zuckte mit den Schultern.

»Ich weiß nicht, wonach sie suchen. Es ist Mittag ... Ich gebe Ihnen bis drei Uhr Zeit, sonst beerdigen wir ihn. Ich lasse einen Priester holen, einen guten Freund von mir. Ein Beerdigungsunternehmen zu rufen, hat jetzt keinen Sinn mehr.«

Der Bruder des Malers war ein geachtetes Mitglied der charismatischen Bewegung, zuständig für die kulturellen Aktivitäten der Pfarrgemeinde einer der meistbesuchten katholischen Kirchen der Hauptstadt. Ein Frömmler! Der Inspektor mochte Frömmler nicht besonders.

»Bis drei Uhr«, gab sich Dieuswalwe Azémar geschlagen.

Ohne einen Gruß für den Bruder des Verstorbenen machte er kehrt und verließ den Hof. Er erstickte. In der Luft schwebte eine Wolke aus beißendem Staub. Er hustete herzzerreißend, ihm kamen die Tränen. Das war das Ende der Welt. Würden sie trotz allem die Treppe, die in die tiefste Hölle führte, weiter hinabsteigen?, fragte er sich, nachdem er sich zusammen mit einigen Leichenträgern, welche die Toten zu einer Straßenkreuzung brachten, um sie dort, gegenüber der Ruine einer Kirche der Pfingstbewegung, aufzustapeln, auf den Weg gemacht hatte.

Der *soro* spielte ihm wieder einmal Streiche. Er fand zwar Teile seiner für einen Moment verschwundenen Erinnerung wieder, aber sie nahmen in seinem Geist nicht mehr dieselbe Ordnung ein, und er musste sich bemühen, die Bausteine des Puzzles wieder zusammenzusetzen. Manchmal gab er den Kampf entmutigt auf, weil er fand, dass die Anstrengung sich nicht lohnte, aber er begriff, dass er seinen Beruf unter solchen Bedingungen nicht mehr lange ausüben konnte. Jemand anders musste eine gründlichere Analyse des Zuckerrohrschnapses vornehmen, der in Port-au-Prince zur Herstellung dieses *tranpe* verwendet wurde. Er hatte noch die Episode des gefälschten Zuckerrohrschnapses gegen Ende der Neunzigerjahre im Kopf. Wäre die Zunft der *kleren*-Liebhaber der Republik nicht auf die Barrikaden gegangen, wäre das gute alte, zertifiziert natürliche und gesunde einheimische Produkt durch eine Art chemisches Klon ersetzt worden, das die Lebensdauer derer, die nur auf die Flasche schworen, noch weiter verkürzt hätte. Damals konnte die Brüderschaft von der Flasche auf einen hohen Offizier der Streitkräfte zählen, der seine Energie nur aus Zuckerrohrschnaps bezog. Heute war allgemein bekannt, dass auch der Präsident der Republik Alkoholiker war. Aber er war eine Art Anarchist, der weder vor den Institutionen noch vor seinem Glas irgendeinen Respekt hatte. Alles konnte um ihn zusammenbrechen, ohne dass das bei ihm irgendeine Reaktion hervorrief. Ein weiterer pathologischer Fall, wie ihn das Land gewöhnt war. Er hatte sich denn auch mehr als zwölf Stunden nach der Katastrophe noch mit keinem Wort an die Nation gewandt. In der Öffentlichkeit wurde bereits boshaft gemunkelt, dass er an einem sicheren Ort seinen Rausch ausschlief. Andere bemerkten lakonisch, sie hofften, er gehöre zu den Opfern des Erdbebens.

Als er an der Adresse ankam, die Marie-Marthe ihm angegeben hatte, fiel ihm ein, dass er einen Bekannten bei der Kriminalpolizei kontaktieren musste, mit dem er gewöhnlich zusammenarbeitete. Auf dem Rückweg von Jacques Philostène war er zu seinem Glück auf einen Motorradfahrer getroffen, der so unklug gewesen war, anzuhalten, als er ihm Zeichen machte. Der Inspektor hatte ihm seine Dienstmarke und den Lauf seines Smith & Wesson ins Gesicht gehalten. Um in den Stadtteil zu kommen, in dem Landeng, der von Marie-Marthe empfohlene *bòkò*, sein Unwesen trieb, folgte der Motorradfahrer einer Straße durch ein vom Erdbeben verwüstetes Gebiet, nachdem er die längste Avenue der Hauptstadt gekreuzt hatte, welche sich weiter die Hügel südlich der Stadt hinaufschlängelte, und gelangte schließlich in ein Viertel, das seltsamerweise nicht betroffen zu sein schien. Hier standen alle Häuser noch, einige wiesen leichte Risse auf. Die Wellen des Erdbebens hatten sich launenhaft ausgebreitet und einige Wohngebiete verschmäht, während sie andere mit unerhörter Brutalität erfasst hatten. Händlerinnen boten ihre Ware den Unbilden der Witterung dar. Sie machten das Spiel der Panik, die jedes Mal ausbrach, wenn man eine Bewegung der Erde wahrzunehmen glaubte, nicht mit. Der Motorradfahrer konnte sich nur mit Mühe einen Weg durch einen Markt bahnen, der die Straße in der Nähe eines Wasserturms in Besitz genommen hatte. Die Außenwände des Turms dienten dazu, Gebrauchtkleidung, Haushaltswaren und Elektronik zur Schau zu stellen. Um den Durchgang so schnell wie möglich freizumachen, musste der Polizist seine Waffe und seine Dienstmarke schwenken, wofür er vom Motorradfahrer getadelt wurde. Er machte ihm klar, dass ihm in diesen Vierteln, in denen Kriminalität die Norm war, nicht daran gelegen sein konnte, dass sein Fahrgast als sogenannter Babylon* kenntlich war.

Der Motorradfahrer setzte den Polizisten sichtlich erleichtert vor einer Werkstatt ab, die sich wie viele Werkstätten in Port-au-Prince auf dem offenen Bürgersteig befand. Hier lagen Autowracks, Motoren mit offenem Bauch und Fahrzeugteile in tintenschwarzem Öl. Keine Mechaniker zu sehen. Nur eine Menschenmenge, die vorbeiging, die mit Unrat übersäte, in ihrer Mitte aufgerissene Straße hinauf und hinunter. Auch hier keine sichtbare Spur des Erdbebens abgesehen von den Menschen, die in diesen verschont gebliebenen Slums ankamen und das wenige mit sich trugen, das sie gerettet oder wiedergefunden hatten. Von dem hoch gelegenen Viertel aus konnte man die Stadt teilweise überblicken, dies reichte aus, um die Schäden in dem von einer Staubwolke bedeckten Stadtzentrum festzustellen. Das Gebäude der Generaldirektion Steuern war ebenso verschwunden wie der Justizpalast. Die Kuppeln des Nationalpalastes standen schief. Die Erde bebte in diesem Moment. Nur drei oder vier Sekunden lang. Panik verbreitete sich in der Straße. Der Inspektor flüchtete sich hinter das

Wrack eines Lastwagens und versuchte, den gerichtsmedizinischen Experten der Kriminalpolizei ans Telefon zu bekommen. Er rief ihn auf seiner persönlichen Nummer in dem Handynetz an, das dem Erdbeben glücklicherweise standgehalten hatte. Dieuswalwe Azémar, der diese Gesellschaft als staatliches Unternehmen betrachtete, beglückwünschte sich, dass er so klug gewesen war, seinen Vertrag nie zu kündigen. Es wäre immerhin ein Glück, wenn er einen Experten zu fassen bekäme. Man wusste nicht, wer bei dem Erdbeben gestorben war und wer überlebt hatte. Das Netz war überlastet. Der Arzt konnte sich auch weigern, sich vor Ort zu begeben. Unter derart ungewöhnlichen Umständen musste man auf alles gefasst sein. Beim dritten Klingeln ertönte eine Stimme.

»Inspektor Azémar! Sind Sie noch am Leben in diesem beschissenen Land?«

»Genauso am Leben wie Sie, Doktor Falcin.«

»So wie ich Sie kenne, rufen Sie mich nicht einfach nur an, um sich zu vergewissern, dass ich noch lebe, Inspektor.«

»Was ich Ihnen jetzt sage, wird Ihnen seltsam vorkommen, vor allem in diesem Moment.«

»Nur zu.«

Er erzählte dem Arzt von Marie-Marthes Besuch. Dass sie überzeugt war, mit einem Zombie geschlafen zu haben. Er beschrieb ihm, was er in Carrefour-Feuilles im halb zerstörten Atelier des Malers Jacques Philostène erlebt hatte.

»Die Geschichte ist in der Tat ziemlich kurios. Sie sagen, die Leute behaupten, Jacques sei beim Erdbeben ums Leben gekommen?«

»So heißt es.«

»Und ich soll die Leiche untersuchen?«

»Das ist der einzige logische Schritt.«

»Ich ahne Ihren Gedankengang, Inspektor Azémar. Wenn diese Leute Jacques Philostène wirklich in der Nacht gesehen haben, dann heißt das, dass er nicht beim Erdbeben umgekommen ist. Er wäre dann erst gestorben, nachdem er von Marie-Marthe weggegangen ist, wurde also wahrscheinlich ermordet. Mit dem Erdbeben kann man alles tarnen.«

»Das ist meine Meinung.«

»Aber da gibt es ein großes Problem, Inspektor.«

»Welches?«

»Es ist möglich, dass ich mit meiner fast nicht vorhandenen Ausrüstung nicht unterscheiden kann, ob der Tod gestern Nachmittag gegen 16.50 oder etwa elf Stunden später eingetreten ist.«

»Wir müssen es trotzdem versuchen. Wir können etwas erreichen, wenn die Todesursache nicht der Einsturz seines Ateliers war.«

Der Arzt überlegte einen Moment.

»Wenn ich dort ankomme, hat man dann die Leiche schon aus den Trümmern befreit?«

»Ja ... Das habe ich gefordert.«

»Wie schaffen Sie es nur, dass Sie immer diese komischen Fälle am Hals haben? Nun gut ... Ich tu's für Sie, Inspektor. Ich fahre sofort nach Carrefour-Feuilles. Ich kenne das Atelier von Jacques Philostène, ich mag seine Arbeit. Das ist der andere Grund, warum ich bereit bin, Ihnen zu helfen.«

»Danke.«

»Ich rufe Sie an.«

Der Beamte der Kriminalpolizei legte auf. Inspektor Dieuswalwe Azémar seufzte. Um ihn herum brach alles zusammen. Das Erdbeben würde den Wahn, der dieses Land antrieb, noch beschleunigen. Er glaubte absolut nicht, dass es eine Bewusstwerdung auslösen würde. »Und du, Dieuswalwe, was wirst du tun? Wird bei dir eine Bewusstwerdung eintreten? Oder wirst du im selben Gleis weiterfahren?« Er sagte sich, dass es eine sehr schlechte Idee war, zu Landeng zu gehen, aber er hatte keine Wahl. Er musste zu Landeng.

*

Drei Jugendliche lehnten an einer Wand mit den Bildern von Jesus Christus, Bob Marley und Jean-Bertrand Aristide und reichten sich einen Joint weiter. Inspektor Azémar grüßte sie und fragte sie nach dem Weg zu Landeng. Sie musterten ihn einen Augenblick. Ihn, der wirkte wie ein Versager und Trunkenbold, konnte man unmöglich für einen Polizisten halten. Noch jemand, der den *bòkò* konsultieren wollte, um eine Gewinnzahl im Lotto zu erfahren, Schutz vor einem Fluch zu erhalten oder eine Bedrohung abzuwehren. Er war aus dem letzteren Grund da. Einer der Jugendlichen sagte ihm, er solle dem Korridor immer weiter folgen. Landeng wohne am Ende des Weges. Man könne nicht daran vorbeilaufen, der Korridor sei eine Sackgasse. Der Inspektor bedankte sich bei den Jugendlichen und holte seine Flasche aus der Tasche, um einen Schluck zu trinken. Einer der Jugendlichen fragte ihn kichernd, ob er nicht einen Zug von ihrem Joint wollte. Er lehnte höflich ab, dann ging er unter den Blicken der beruhigten Jugendlichen – der Mann, dem sie gerade den Weg zu dem *bòkò* gewiesen hatten, stellte keine Gefahr dar – in den Korridor. Landeng hatte diesen Slum sicher unter seiner Fuchtel, und die Gangs, die hier operierten, mussten ihm Gebühren zahlen.

Er folgte einem schlammigen Pfad, an dessen beiden Seiten Verschläge und manchmal auch feste Häuser standen. Auch dieses Viertel war vom Erdbeben verschont geblieben. Frauen bereiteten auf Holzkohlekochern Essen zu. Einige ließen sich auf den Galerien Zöpfe flechten. Beschäftigungslose Männer spielten Domino unter einem mickrigen Zitronenbaum, der fast mitten auf dem Weg stand. Der ganze Ort verströmte einen Geruch nach Unrat, Urin und Latrinen. Das akustische Durcheinander war faszinierend. Radios spielten gleichzeitig *konpa**, Rap und Gesänge der Freikirchen. Lautstarker Streit von Frauen und religiöse Gesänge in einem Tempel folgten ihm auf seinem gesamten Weg zu Landengs Schlupfwinkel, den er sofort erkannte. Ein niedriger Bau als Abschluss des Korridors mit einer Landesflagge und einer einfarbig roten Fahne auf dem Dach. Auf der Terrasse spielten zwei nackte, vier bis sechs Jahre alte Kinder mit einem alten Reifen, den sie vor sich her rollten. Er ignorierte sie und klopfte an die Tür. Aus den benachbarten Häusern musterten ihn Blicke, Blicke, die gespielt gleichgültig wurden, sobald sie dem des Inspektors begegneten. Er musste hartnäckig klopfen, bis die Tür mit schaurig quietschenden Angeln aufging. Ein Mann erschien. Er war fett, ein schmutziges Unterhemd spannte sich über seinen runden Bauch. Kahler Schädel, vorstehende Augen, bartloses Gesicht. Er trug eine rosa Leinenhose.

»Was willst du?«, fragte er in singendem Tonfall.

Ein Homo!, stellte Azémar fest. Von dieser Besonderheit hatte Marie-Marthe ihm nichts gesagt. Er war sicher, den *bòkò* vor sich zu haben.

»Ich möchte dich sprechen.«

»Mir scheint, ich habe dich schon einmal gesehen«, sagte der *bòkò* und wich einen Schritt zurück ... »Du bist ...«

Der Inspektor kam einem weiteren Rückzug des *bòkò* zuvor, indem er sich ins Innere drängte und dabei seine Waffe auf Landengs Kopf richtete.

»Du bist Azémar ... Der, der Marasa getötet hat ... Was willst du?« Er rollte verschreckt mit den Augen.

»Du machst einen Fehler, wenn du hierherkommst, Azémar. Hier bin ich geschützt. Du bist auf meinem Gebiet.«

»Ich will dir nichts tun. Du sollst für mich arbeiten.«

»Weshalb bist du hier?«

»Um zu verhindern, dass jemand wieder aufwacht.«

Die Angst im Blick des *bòkò* wich einem gierigen Glitzern.

»Ich lasse mir meine Arbeit teuer bezahlen.«

»Wir haben mehrere Anzeigen gegen dich ... Der Zuständige für das Dossier bin ich.«

»Das ist Erpressung.«

»Nenn es, wie du willst ... Ich will etwas von dir. Wenn ich es bekomme, lösche ich alles.«

Landeng zappelte aufgeregt:

»Wenn du mich willst, dann bin ich dabei.«

Der Inspektor drückte dem *bòkò* den Lauf seiner Waffe in die Magengrube.

»Pass vor allem auf, dass mir nichts passiert. Alle meine Kollegen wissen, wo ich bin. Da sind besonders zwei, überzeugte Evangelikale, die würden einen Banditen von deiner Sorte mit Vergnügen fressen.«

»Ich bin kein Bandit«, protestierte Landeng mit einem schockierten, ganz und gar femininen Augenrollen.

»Und ... arbeitest du für mich?«

»Nimm die Waffe runter und komm mit«, seufzte Landeng. »Aber was für einen Mann du abgibst! Du bist bei den Frauen bestimmt ein ganz Wilder.«

Er musterte den Inspektor unter erneutem Gezappel.

»Du solltest etwas für deinen Atem tun. Ich hab da was, um dich vom Alkohol zu befreien, ein todsicheres Mittel. Aber ich bin nicht sicher, dass du deswegen gekommen bist. Der Zombie von Marasa hindert dich wohl am Schlafen, und der Alkohol ist dir da bestimmt eine Hilfe.«

»Du redest zu viel«, zischte der Inspektor. »Ich warne dich. Ich mache korrekte Geschäfte, aber wer versucht, mich reinzulegen, der zahlt teuer dafür. Dein Kollege Marasa kann ein Lied davon singen.«

»Das rechne nicht ich mit dir ab. Die Hölle hat ihre Soldaten.«

»Warten wir auf die Hölle«, knurrte Dieuswalwe Azémar. »Wir haben zu tun.«

»Komm«, sagte der Magier.

Landeng führte ihn in ein kleines, dunkles, muffig riechendes Zimmer. Er zündete eine Kerosinlampe an, um mehr Licht zu haben. Azémar inspizierte das Kabinett rasch. Regale voller trockener Blätter, Phiolen, Flaschen, Menschen- und Tierschädel. Ein nackter Tisch. Zwei Stühle. An einer weißen Wand kabbalistische Zeichen. Der Davidsstern. Einige *vèvè**, von denen der Polizist nicht wusste, mit welchem Geist sie in Verbindung standen.

»Was ist dein Problem?«, fragte Landeng und setzte sich.

Der Inspektor war auf der Hut und blieb stehen.

»Ist niemand bei dir?«, erkundigte er sich misstrauisch.

»Ich arbeite allein. Wir sind erwachsen, Inspektor. Du hast mir schon alles gesagt. Du kommst in die Hölle. Wenn du zu mir gekommen bist, dann heißt das, dass du schon auf dem Weg der Verdammnis bist.«

Er hatte im ersten Moment Lust, den *bòkò* zu schlagen, ihn dort an Ort und Stelle niederzuschießen. Niemand sollte ihn jetzt daran erinnern, dass er die Grenze überschritten hatte. Eine blinde Verkettung von Umständen hatte ihn hierher geführt. Er suchte sich einzureden, dass er sich zurückkämpfte, um sich den Respekt von Kommissar Solon zu sichern, auch wenn er in seinem tiefen Inneren wusste, dass die Grundlage für diesen Respekt weggefallen war.

»In einem Krankenhaus liegt ein Mann im Koma. Ich will nicht, dass er wieder aufwacht. Er hat Dinge zu sagen, die für bestimmte Personen gefährlich wären.«

»Vor allem wohl für dich.«

»Das geht dich nichts an«, sagte der Inspektor.

»Doch, es geht mich an. Wenn ich arbeite, dann will ich wissen, wofür. Sonst könnte ich einem Freund oder sogar meiner Familie schaden.«

»Vor allem für mich«, gab der Polizist mit einem Kloß im Hals zu.

Der *bòkò* erhob sich und ging zu den Regalen.

»Du brauchst etwas, was keine Spuren hinterlässt. Sonst hättest du es selbst erledigen können.«

Er überlegte einen Moment, bevor er sich bückte und aus einer Schublade unten am Regal eine Phiole holte, die nicht größer war als der Daumen einer ausgewachsenen Hand. Er erhob sich und kam zum Inspektor zurück. Er bewegte das winzige, nur zu einem Viertel mit einer farblosen Flüssigkeit gefüllte Fläschchen vor den Augen des Inspektors.

»Hier habe ich, was du brauchst.«

»Was ist das?«, fragte der Inspektor.

»Du öffnest die Flasche und lässt die Flüssigkeit auf die Haut der Person tropfen, die du beseitigen willst. Man kann sie auch auf ein Kleidungsstück gießen, das die Person trägt. Es wirkt sicher und schnell. Nach dreißig Minuten erscheinen die ersten Anzeichen der Vergiftung. Es sieht dann aus wie ein Herzanfall. Spätestens nach einer Stunde tritt der Tod ein.«

Der Inspektor folgte fasziniert der Bewegung der Flüssigkeit in der Phiole, die der *bòkò* zwischen den Fingern drehte.

»Wer bürgt mir für die Wirksamkeit?«

Der *bòkò* sah ihn mit dem Ausdruck ehrlicher Empörung an.

»Ich verlange Respekt vor meiner Arbeit. Über Landeng brauchte sich keiner zu beschweren.«

Er reichte Dieuswalwe Azémar die Phiole.

»Nimm sie und verschwinde von hier! Ich habe dich nie gesehen, und du vergisst wie versprochen das Dossier, das du in der Hand hast.«

Er streckte langsam die Hand nach der Phiole aus. Eine langsame, schwere, zitternde Hand. Er hatte den Eindruck, dass jemand ihn an der Schulter zurückzog. In einer akustischen Halluzination glaubte er die Stimme seines Vaters zu hören, der ihm Vorwürfe machte, weil er zu spät zur Sonntagsmesse gekommen war, und ihn einen zukünftigen Ungläubigen nannte. Er sah seine Mutter in ihrem Sarg liegen und nahm auf den Lippen den salzigen Geschmack der Tränen wahr, die damals über sein Gesicht geronnen waren. Er dachte an den stummen Schwur, den er getan hatte, als er sich über sie gebeugt hatte, um sie ein letztes Mal auf die Stirn zu küssen. »Dieses Land hat nicht über dich triumphiert, Mama ... Du hast widerstanden. Ich werde es ebenso machen.« Das Gesicht seiner Mutter wurde vom Gesicht der auf ihm erdrückten Frau überlagert. Er schloss die Augen und hoffte, sich an einem anderen Ort wiederzufinden, wenn er sie wieder öffnete. Nicht mehr diesen *bòkò* mit seinem unbestimmt spöttischen Ausdruck vor sich zu sehen und auch nicht die Phiole, die er zwischen den Fingern drehte, als hinge die Wirksamkeit des Giftes davon ab.

»Ist es nicht gefährlich zu handhaben?«, erkundigte sich der Inspektor.

»Du musst es drei oder vier Sekunden ruhen lassen«, erklärte Landeng. »Du öffnest den Verschluss und schüttest die Phiole mit einer raschen

Bewegung aus. Es ist nicht gefährlich, es sei denn, du willst dich selbst umbringen. Die Phiole ist gut verschlossen, und das Glas ist solide. Ich gebe dir ein kleines Plastiketui als Schutz mit. Du kannst sie bis zu dem Moment, in dem du sie einsetzt, in der Tasche mit dir herumtragen.«

Der Inspektor atmete tief ein, dann griff er sich die Phiole aus Landengs Hand. Dieser holte das Etui und reichte es Azémar.

»Hier ... Ich schulde dir nichts. Nun ist es an dir, dein Versprechen zu halten.«

»Ich halte immer mein Wort«, sagte der Polizist.

»Ich bringe dich zum Ausgang. Ich hoffe, das nächste Mal sehen wir uns ...

»... in der Hölle, ich weiß. Aber hoff nicht zu sehr drauf ... Ich zumindest werde mich vor Gottes Gericht zu verteidigen wissen.«

Landeng brach in Gelächter aus.

»Gottes Gericht! Wenn du glaubst, dass Gott die Zeit hat, deine Verteidigung anzuhören, dann hast du noch viel zu lernen, Inspektor Azémar.«

Der *bòkò* spürte offenbar das Zögern das Polizisten, als er die Tür öffnete.

»Dir wird nichts passieren, während du das Viertel verlässt ... Du bist zu mir gekommen, damit gehörst du zu den Heerscharen des Teufels.«

Bevor er wieder ins Hospital Sainte-Justine fuhr, hielt er kurz im Viertel Bas-Peu-de-Chose. Ihn plagte sein Gewissen, weil er seine Tochter an diesem Tag, an dem die Port-au-Princer das Ausmaß des Erdbebens feststellten, allein gelassen hatte. Der Platz des Viertels war bereits von Hunderten von Menschen in Besitz genommen worden, die auf der Straße saßen, seit ihre Wohnungen zerstört waren. Jetzt war bestimmt jeder Meter besetzt, und wer zuerst gekommen war, genoss Heimatrecht. Das Hauptbasketballfeld, der Spielplatz der Jugend des Viertels, verschwand nun unter den eilig ausgebreiteten Planen und den hastig aufgerichteten Wänden aus Holz, Pappe oder Blech, Behelfsunterkünften, die ganze Familien aufnahmen. Vorerst war weder von der Regierung noch von den NGOs, von denen es im Land wimmelte, etwas zu sehen, aber sie würden sich bald einstellen. Hubschrauber aus der Dominikanischen Republik überflogen die Stadt. Sie schickten sich an, am Konsulat oberhalb der Stadt zu landen, um einen Teil der in Port-au-Prince lebenden Dominikaner auszufliegen. Man befürchtete das Schlimmste, während sich die Leichen in den Straßen stapelten. Unruhen? Der Inspektor glaubte nicht an eine Lebensmittelknappheit. Am Stadtrand waren Märkte in Betrieb wie der, den er auf dem Weg zu Landeng durchquert hatte. An mehreren Stellen der Stadt hatte er gesehen, wie Wasser aus den unterbrochenen Leitungen sprudelte. Eine Epidemie? Angesichts der beklagenswerten Hygienebedingungen in dieser Stadt bestand diese Möglichkeit. Mit Sicherheit jedoch würde der Bevölkerung klar werden, dass sie nur dem Namen nach eine Regierung hatte ... Je mehr Tage vergingen, desto größer würde ihr Unmut werden. Eines Tages würde es zur Explosion kommen. Die Soldaten und die angeblichen Experten der Vereinten Nationen wurden immer unbeliebter. Sie wurden als Parasiten und Touristen beschimpft. Die Leute begannen zu begreifen, dass sie vor allem die Interessen gewisser hochgestellter Personen schützen sollten, die dem *déchouquage**, wie man hier sagte, zum Opfer fallen würden, wenn sie nicht von einer ausländischen Macht unterstützt würden.

Manou und Mireya hatten sich mit den Mietern des Gebäudes, in dem Dieuswalwe Azémar wohnte, in einem behelfsmäßigen Zelt aus Bettlaken niedergelassen, ausgespannt zwischen einem Strommasten, den das Erdbeben gegen eine stehengebliebene Mauer gelehnt hatte, und einem Lastwagenwrack. Es war ihnen gelungen, einen riesigen Gasofen auf die Straße zu schaffen, und aus den vier Kesseln auf den Feuerstellen stieg ein appetitlicher Duft auf, der dem Inspektor das Wasser im Mund zusammenlaufen ließ. Ihm fiel ein, dass er seit der Katastrophe nichts gegessen hatte, er hatte sich mit dem Trinken begnügt. So war es bei ihm immer in Momenten großer Anspannung. Mireya klammerte sich an ihn, Manou fand einen Stuhl, damit er sich setzen konnte. Er war durchgeschwitzt. Er wirkte müder als gewöhnlich. Vor allem fühlte er sich schmutzig, nicht vom Staub der Trümmer, der über der Stadt schwebte, sondern von dem Tod, den er in der Phiole in seiner Hemdtasche trug. Als er sich auf den Stuhl setzte, hatte er den Eindruck, als hätte sein Gewicht sich verdreifacht und wachse weiter exponentiell an, bis der Boden ihn nicht mehr tragen konnte, unter ihm einbrach und ihn in den Schlund stürzen ließ, in jene Tiefen, in denen die Energien zuhause waren, die der Stadt so übel mitgespielt hatten. Dort, wo seine Haut mit dem Etui der Phiole in Berührung kam, fühlte er eine Wärme, ein Jucken, und er hatte Angst, dass Landeng ihn möglicherweise hereingelegt hatte und die Flüssigkeit Glas und Plastik durchdringen konnte. Nein! Landeng konnte nicht wissen, dass er bluffte, als er gesagt hatte, Kollegen wüssten von seiner Anwesenheit bei ihm und würden alles, was ihm zustieß, sofort dem *bòkò* anlasten. Es war sein Gewissen, das um die Phiole herum materielle Gestalt annahm und seinen Sturz beschleunigte. Er musste schnell handeln, sonst stünde der Tod, den er in der Tasche mit sich herumtrug, ihm nicht mehr zu Gebote. Er könnte die notwendigen Handgriffe nicht mehr ausführen. Sein Schicksal wäre besiegelt.

»Ist dir schlecht, Papi?«, erkundigte sich Mireya.

Er schüttelte den Kopf. Er bot sicher keinen schönen Anblick. Er schob die Müdigkeit vor.

»Hast du heute Leben gerettet, Papi?«, fragte das kleine Mädchen.

Die Phiole bohrte sich wie die Klinge eines Dolches in seine Brust. Er war drauf und dran, seinen Schmerz herauszuschreien, aber die Anwesenheit seiner Tochter zwang ihn zum Schweigen. Die Absurdität seiner Lage sprang ihm noch mehr ins Auge. Während überall in der Hauptstadt Leute damit zugange waren, Kinder, Frauen und Männer aus den Trümmern zu befreien, hatte er einen Besuch bei einem Giftmischer gemacht. Man kämpfte für das Leben. Die Menschen bewiesen der Natur und dem Schicksal, dass das Leben sich immer durchsetzte, und er tat in eben diesem Moment das Gegenteil. In diesem Hotelzimmer war alles gekippt.

»Es ist mein Beruf, Leben zu retten«, brachte er mit zugeschnürter Kehle heraus.

»Bleibst du zum Essen bei uns?«

»Nein. Ich muss weg ... Ich komme vor Sonnenuntergang zurück.«

»Bleib bei mir, bitte.«

Er machte sich entschlossen von dem kleinen Mädchen los.

»Mireya! Du weißt, dass ich dich lieb habe. Ich komme wieder. Sonst spricht sich herum, dass du Papi Dieuswalwe daran gehindert hast, Leben zu retten.«

»Darf ich dir einen Kuss geben?«, fragte sie geziert.

Er beugte sich herunter, so dass sie ihn auf beide Wangen küssen konnte.

»Deine kleine Tochter ist stolz auf dich, Papi«, sagte sie in vollem Ernst und grüßte militärisch.

Er ging. Es war eine Flucht. Er stolperte über ein gespanntes Seil, mit dem eine Plane, unter der andere Menschen beteten und sangen, an einem Steinblock befestigt war. Die Phiole hatte sich in ihn eingebohrt, und ein gnadenloser Folterknecht bewegte ihre glühende Klinge in der Wunde. »Ich werde nie mehr Ruhe finden«, jammerte er. Er war verurteilt, in seinem vom Erdbeben ebenfalls verwüsteten Inneren ein irrwitziges Rennen zu laufen. Es erstaunte und betrübte ihn zugleich, dass sein persönliches Drama ihn betäubte, ihn unempfindlich gegen das Schauspiel der Tausenden von Menschen machte, die ihr Leid auf der Straße herausschrien. Vorher hatte er eine dunkle Brille getragen, um die Geschwüre seiner Stadt nicht zu sehen. Weil ihr Anblick ihn erschreckte, vernichtete, ihn in eine Betäubung versinken ließ, die ihm jede Fähigkeit zum Denken und Handeln nahm. Jetzt fühlte er nichts. Der Tod von Madame Solon hatte die Seele aus ihm herausgezogen und ihn in eine Art Zombie verwandelt. Vor den Trümmern einer Bank, die das Beben dem Erdboden gleichgemacht hatte, schob er sich die Sonnenbrille in die Stirn und rechnete damit, dass es ihn wie eine Faust ins Gesicht traf, dass ihm plötzlich der Atem stockte. Kein Rhythmus seines Körpers änderte sich. Er war gleichgültig gegen die Dinge geworden, nur noch getrieben von einem gewaltigen Ekel vor sich selbst und dem Wunsch zu überleben, der ihn zu diesem Krankenhaus, in dieses Zimmer trug, damit Worte, die eine für sein Leben unverzichtbare Freundschaft zu zerstören drohten, durch den Inhalt der Phiole todsicher verhindert wurden. Leute schrien. Andere weinten, riefen die Mächte des Himmels zu Hilfe. Eine Dame verlangte nach Hilfe für zwei ihrer Töchter, die sich in der Bank befunden hatten, als sie zusammengestürzt war. Keine Spur von Hilfe. Bürger versuchten trotz allem, sich einen Weg zu den Hohlräumen in den monströsen Haufen aus Betonblöcken und Eisen zu bahnen, obwohl es unwahrscheinlich war, dass es hier Überlebende zu befreien gab. Keine Polizeipräsenz irgendwo. Glücklicherweise deutete nichts darauf hin, dass er ein Polizeiinspektor war. Er entfernte sich mit der quälenden Phiole in der Tasche. Er berührte sie mit der Hand, um zu prüfen, ob er sich die Wärme, die er genau an der Stelle spürte, an der das Etui unter dem Stoff mit seiner Haut in Berührung kam, nur einbildete. Ihm war, als streiften seine Finger eine glühende Kohle. Ihm kamen Zweifel, ob er wirklich entschlossen war, das Gift einzusetzen. Er schalt sich für seine Schwäche. Es war sein Unterbewusstsein, das ihm Stöcke zwischen die Beine warf. Musste man nicht, so suchte er sich hartnäckig einzureden, bestimmte Regeln zeitweilig verletzen, wenn man überleben wollte? Er war in einer solchen Situation.

Sein Handy klingelte. Während er den Anruf annahm, suchte er nach einem Ort, an dem er allein war. Die Nummer auf dem Display war die von Kommissar Solon.

»Wie weit sind Sie, Inspektor Azémar?«

Seine Hand zitterte. Das lag nicht am *soro*. Ihm brach wieder der Schweiß aus. Auch das lag nicht an der Hitze.

»Ich war bei Moricène im Krankenhaus. Er ist immer noch bewusstlos. Der Arzt meint, dass das Schädeltrauma weniger schwer ist, als sie geglaubt hatten. Er hat gute Chancen davonzukommen. Der Arzt kann aber für nichts bürgen.«

»Haben Sie die anderen Hotelangestellten noch nicht befragt?«

»Ich habe einige von ihnen getroffen«, log Azémar. »Unter den momentanen Umständen ist es schwierig, sie zu erreichen. Bisher habe ich kein Indiz, Herr Kommissar.«

»Ich habe meine Kontaktperson bei der Telefongesellschaft erreicht. Ich habe ihm zu verstehen gegeben, dass er mir helfen sollte, wenn er nicht will, dass ich ein paar Geschichten auskrame, die ihn seinen Job kosten könnten.«

»Wie wird er uns helfen?«, fragte der Inspektor. Er erblickte die Überreste einer Mauer und setzte sich darauf, denn seine Knie versagten plötzlich wieder.

»Sie treffen ihn morgen um neun Uhr. Er wird Ihnen die letzten Telefongespräche meiner Frau zu hören geben. Da müssten Sie fündig werden. Ich schicke Ihnen alle Informationen per SMS. Ich vertraue Ihnen, Inspektor. Ich selbst muss zu Sitzungen bei der Generaldirektion. Die Ermittlungen in dieser Sache haben für Sie Vorrang. Finden Sie mir diesen Hurensohn!«

»Haben Sie ihm genau gesagt, was Sie wollen?«, erkundigte sich Azémar, der plötzlich Bauchkrämpfe hatte.

»Ich habe ihm nur gesagt, dass er Sie die Telefongespräche meiner Frau in den letzten Tagen hören lassen soll und dass das eine persönliche und vertrauliche Angelegenheit ist. Ich werde nicht überall ausposaunen, dass meine Frau gestorben ist, während sie mir in einem Hotel Hörner aufgesetzt hat.«

Kommissar Solon legte auf. »Ich vertraue Ihnen, Inspektor.« In der Stimme des Offiziers lag ein Flehen, eine fieberhafte Erwartung. Das Telefon brannte wie die Phiole in der Hand des Inspektors. Er hatte nun ein weiteres Problem: Sein letztes Gespräch mit Madame Solon konnte einen Ermittler mit dem richtigen Riecher durchaus auf die Spur des Mannes bringen, der gestern Nachmittag mit ihr im Hotel gewesen war. Er musste aus dieser misslichen Lage herauskommen. Sollte er die Aufzeichnungen manipulieren? Sie löschen? Er würde mehr denn je vor Ort improvisieren müssen, er konnte nun nichts planen. Es war bereits ein Glück, dass er mit dem Anhören der Gespräche beauftragt war. Er konnte daran ablesen, wie sehr er das Vertrauen und die Freundschaft Kommissar Solons genoss. Niemals hätte er sich träumen lassen, dass er einmal den Ermittlungen entgegenarbeiten würde, damit ein Schuldiger durch die Maschen schlüpfte. Ich bin kein Schuldiger, zum Teufel!, sträubte sich der Inspektor. Ich habe niemanden umgebracht. Ich habe nur mit der Frau meines besten Freundes geschlafen. »Dann gesteh Kommissar Solon doch, dass du der Mann im Hotel warst«, flüsterte eine Stimme hinter ihm. Er sah wieder das Gesicht der über ihm erdrückten Frau vor sich, der Blut aus dem Mundwinkel sickerte. Ein Schluchzen hob seine Brust und verstärkte den Schmerz durch die Klinge, die die Phiole in seine Brust gegraben hatte. Er schob das Handy in das Etui an seinem Gürtel, stand auf und ging mit noch schwererem, unsichererem Schritt weiter. Er dachte an die Flasche *soro*. Es war nicht mehr viel drin, aber es reichte für das, was er im Krankenhaus zu tun hatte.

*

Vor den Toren des Hospitals Sainte-Justine drängten sich die Verletzten. Die Ärzte wussten nicht mehr, wo ihnen der Kopf stand. Sie waren ohnehin nur zu dritt, hatten keine echte Ausrüstung, und die Lage ihrer eigenen Familien nach diesem Beben, dessen Verwüstungen mit jeder Stunde deutlicher zu Tage traten, stellte sicher noch ein zusätzliches Handicap dar. Die Sicherheitsleute hatten sich, überfordert vom Ansturm der Versehrten, vor das Eingangstor des Hauptgebäudes zurückgezogen und den Hof der nach Behandlung schreienden Menge überlassen. Zurückgelassene Leichen lagen mitten im Hof, wo die Leute unabsichtlich auf sie traten. Drei Krankenschwestern versuchten schlecht und recht zu bestimmen, welche Fälle am dringendsten waren. Die Sicherheitsleute mussten hart durchgreifen, um einen Anschein von Ordnung aufrechtzuerhalten. Inspektor Azémar brauchte seine Marke nicht vorzuzeigen, damit man ihn ins Gebäude ließ, er wurde sofort erkannt. Zwei Sicherheitsleute beeilten sich, ihn aus der Menge zu lösen, die ihre Frustration über das langsame, auf eine solche Situation vollkommen unvorbereitete Empfangspersonal bekundete. Die Krankenschwester hinter ihrem Schreibtisch, der eher wie ein Pult aussah, bedeutete ihm einzutreten. Ihre Züge waren abgespannt, ihr Make-up verschmiert, ihr Gesicht tränenüberströmt. Vielleicht hatte sie gerade erfahren, dass Angehörige tot waren, oder ihre professionelle Panzerung hatte der schieren Anzahl der Menschen, die mit zerbrochenen Knochen vor ihr vorbeidefiliert waren, nicht standgehalten. Sie musste auf ihrem Posten bleiben, wenn sie in diesen Zeiten der chronischen Arbeitslosigkeit ihre Stelle nicht verlieren wollte. Den Sicherheitsmann mit den Dreadlocks sah der Inspektor nicht. Er stieg mühsam die Treppe hoch und kam keuchend im Flur an. Er kam sich vor, als trüge er eine Maske, die sich aus seinem Schweiß und dem Staub gebildet hatte. Bei jeder Bewegung seiner Lippen glaubte er, das Knacken der Maske zu hören. Sollte sie verbergen, was er geworden war? Ihn den Blicken der anderen oder seinem eigenen Blick entziehen? Er sah sich selbst bei seinem Tun zu. So wie ein zukünftiger Zombie in seinem Scheintod dem Tun seiner Umgebung zusieht, sie reden und weinen hört. Ein anderer hatte das Kommando übernommen, und er konnte nur seine Anweisungen befolgen. Das, was er früher gewesen war, war zu dem Kampf, den er nun führte, nicht in der Lage. Dieser Kampf erforderte eine andere Geisteshaltung, andere Strategien, andere Waffen. Vor der Tür zu Zimmer 14 blieb er einen Augenblick stehen, wobei er es vermied, die Augen zu schließen, damit ihn das Bild der erdrückten Frau nicht erneut anfiel. »Komm zu dir, Dieuswalwe ... Es muss eine Lösung geben ... Lass das Tier in dir nicht die Oberhand gewinnen, das Tier, dem es überall gelungen ist, die Männer und Frauen in diesem Land zu domestizieren. Wozu sind wohl die zwei W in deinem Vornamen gut?« Eine andere, spöttische Stimme flüsterte ihm zu, es sei zu spät, zurückzuweichen. Alles was er gewesen sei, sei in diesem Hotelzimmer verschwunden. Der Gang zu Landeng, dem *bòkò*, sei der letzte Nagel zu seinem Sarg gewesen. Mit einer plötzlichen, fast zornigen Bewegung drehte er am Türknauf, um das Zimmer zu betreten. Moricène lag immer noch im Koma, sein Kopf verschwand unter dem makellos weißen Verband.

Der Inspektor setzte sich auf den einzigen Stuhl des Zimmers, legte die Hände auf die Knie und wiederholte, während er den Kopf regelmäßig senkte und hob, den Satz, den er aus der Erinnerung an seine Kindheit hervorgeholt hatte: »Vergib mir, mein Gott, denn ich habe gesündigt.« Damals war ihm das ziemlich nichtssagend erschienen, denn wenn er zur Beichte ging, suchte er vergeblich nach Sünden. Doch, da war eine, eine einzige, aber die hatte er niemals bekennen wollen, nicht einmal dem Priester. Im Schulhof gab es einen Eishändler. Die Kinder drängten sich um ihn, um einen Becher gestoßenes Eis mit Anis-, Erdbeer- oder Granatapfelsirup zu erhalten. Ein Becher kostete zehn Centime. Er hatte zwar kein Geld, aber er hatte begriffen, dass er einen Becher verlangen konnte, indem er tat, als hätte er schon bezahlt. Es standen so viele Kinder um den Eisverkäufer herum, dass dieser nicht besonders sorgfältig nachprüfte. Wie sollte er auch ahnen, dass Kinder dieses Alters betrügen konnten? Das war einige Wochen so gegangen, bis der Händler eines Tages aus irgendeinem Grund die zehn Centime von ihm forderte. Er schwor, er habe schon bezahlt. Der Händler packte ihn an der Hand: »Ich beobachte dich schon seit ein paar Tagen, du kleiner Gauner.« Er ließ ihn los, nachdem er ihm den Becher wieder abgenommen hatte. Mehrere Tage war er Zielscheibe der sarkastischen Bemerkungen seiner Kameraden. Die großen Ferien bereiteten seinen Leiden ein Ende. Als die Schule wieder begann, hatten alle die traurige Episode vergessen. Er hatte es nie wieder versucht. »Vergib mir, mein Gott, denn ich habe gesündigt.« Er nahm die Phiole aus der Tasche. Zu seiner Überraschung war sie leicht und kalt, als enthielte sie eine kühlende Flüssigkeit. Hier in diesem Zimmer beobachtete ihn niemand. Niemand konnte ihn an der Hand packen und sagen: »Ich beobachte dich schon ein paar Tage, du kleiner Gauner.« Es sei denn Moricène selbst wachte im letzten Moment auf und sah ihn anklagend an. Er hielt die Phiole in der linken Hand. Er musste nur noch den Verschluss abschrauben und den Inhalt auf Moricènes Hals schütten, dann war die Sache geritzt, und den Hauptzeugen gäbe es nicht mehr. Er müsste noch das Problem der aufgezeichneten Telefongespräche lösen. Wenn ihm das gelang, dann müsste Kommissar Solon es einsehen. Die Identität des gesuchten Liebhabers würde für ihn bis zu seinem Tod ein vollständiges Geheimnis bleiben. »Schraub den Verschluss ab, Dieuswalwe Azémar ... Du hast es fast überstanden ... Deine Schuld wird wiedergutgemacht.« »Warum sollte ich leiden, weil ich schuldig geworden bin?«, jammerte Dieuswalwe Azémar. »Sie sind alle Sünder, und sie leiden nicht. Der Himmel scheint sie von ihren Schandtaten loszusprechen. Die einzige Buße, die er ihnen auferlegt, besteht darin, dass sie im Dreck und in der Dummheit schwimmen. Nur dass sie den Dreck und die Dummheit gezähmt haben. Ich, ich bin kein Sünder«, lamentierte Azémar weiter. »Trinken und Ausschweifung sind keine Sünde, wenn sie nur eine Seele betreffen, die in den Qualen dieses Landes ertrinkt. Ich habe keine Witwen und Waisen ausgeraubt. Ich habe kein Kind zerstückelt, damit einige volle Bäuche im Norden ein paar Jahre länger leben konnten. Ich habe nie eine Handvoll Elend genommen und mir gesagt: ›Das ist das Gold von Kiskeya*.‹ Ich habe mit der Frau meines besten Freundes geschlafen ... Das ist meine einzige Schuld ... Eine Schuld, die nicht schwer wiegen würde, wenn dieser Freund nicht der Einzige gewesen wäre, der meiner Arbeit, meinem Leben einen Sinn verleiht. Noch Stunden, nachdem ich endlich gesündigt hatte, hat er zu mir gesagt: ›Ich vertraue Ihnen, Inspektor.‹ Mein Freund Solon leidet, er sagt es nicht, er zeigt es nicht allzu sehr. Ich habe gespürt, dass er sein

Schluchzen vor mir mit aller Macht unterdrückt hat. Er hat seine Frau geliebt. Vielleicht wird er sich nicht davon erholen, dass sie unter so entehrenden Umständen gestorben ist. Wärest du deinem Ehrenkodex treu geblieben, wärest du nicht mit ihr in dieses Hotel gegangen und sie wäre noch am Leben. Der *soro* ist schuld. Aber warum ist jetzt der *soro* für so viel Elend verantwortlich?« Für diese Gedächtnislücken nach einigen Flaschen gab es bestimmt eine Ursache. Er glaubte nicht an die Geschichten von Allergien, von der Abstoßung des Ethanols durch den Körper. Er wollte nicht daran glauben. Der *soro* war gepanscht. Produkte wurden gnadenlos nachgeahmt. Seine Finger legten sich um den Verschluss der Flasche. Mit extremer Langsamkeit, als wollte er den Lauf der Zeit anhalten, begann er, ihn aufzuschrauben. Wie viele Umdrehungen gegen den Uhrzeigersinn waren nötig, bevor die tödliche Flüssigkeit an der freien Luft war? Er glaubte, den Atem des Patienten zu hören. Er hielt in der Drehbewegung inne. Er hörte nichts mehr. Er begann die Drehbewegung wieder. Moricènes Atem bestürmte seine Trommelfelle, ging wie ein Rammbock auf die letzten Mauern seiner einstigen Gewissheiten los. Moricène hustete. Er hatte gehustet! Er würde vielleicht in diesem Moment erwachen. Das Herz des Polizisten klopfte hart gegen seine Brust. Er wusste nicht, warum ihm jetzt dieser Satz einfiel, den er vor einer Kirche an einer Wand gelesen hatte: »Du kannst nicht tiefer fallen als in Gottes Hand.« Er sah, wie Moricène sich in seinem Bett aufrichtete und anklagend mit dem Finger auf ihn deutete. Der Inspektor fiel rücklings um. Es war ein Wunder, dass die Phiole ihm nicht aus der Hand glitt. Er stand mit Mühe wieder auf, seine rechte Seite schmerzte. Die Stuhllehne war bei seinem Sturz zerbrochen. Draußen schien niemand den Krach gehört zu haben. Moricène hatte sich im Bett nicht gerührt. Er lag immer noch im Koma. Was der Inspektor gerade erlebt hatte, war so intensiv, so real, dass er immer noch vor sich sah, wie Moricène ihn, flammende Wut in den Augen, mit dem Finger einem göttlichen Richter bezeichnete. »Ich muss ein Ende machen«, dachte Dieuswalwe Azémar ... Er näherte sich dem Bett. Seine Finger wollten den Verschluss weiter losschrauben, aber eine Gegenkraft hinderte sie daran. Er biss die Zähne zusammen, konzentrierte sich auf seine Bewegung. Die Phiole war wie verhext. Genau in diesem Moment ging die Zimmertür auf. Eine Krankenschwester trat ein. Eine ungeheuer dicke Frau mit einem starren Gesicht wie eine Totenmaske.

»Was machen Sie hier?«

»Ich bin Polizeiinspektor«, schluckte Dieuswalwe Azémar und versuchte, die Phiole vor der Krankenschwester zu verbergen.

»Zeigen Sie mir Ihre Dienstmarke!«

Er holte mit zitternder Hand die Dienstmarke hervor und hielt sie der Krankenschwester hin.

»Lassen Sie mich ... Ich habe zu arbeiten ... Was haben Sie da in der Hand?«

Die Phiole war ihrer Aufmerksamkeit nicht entgangen.

»Das ist ein Mittel zum Inhalieren gegen mein Asthma«, log er mit einer Sicherheit, die ihn überraschte ... »Auf Wiedersehen.«

Er verließ eilig das Zimmer. Der Boden schwankte unter seinen Füßen. Er musste sich im Flur an eine Wand lehnen. »Fühlen Sie sich nicht wohl?«, fragte jemand, den er nur durch einen Nebel hindurch sah. Er antwortete, ihm ginge es gut. In einem Reflex griff er nach der Flasche *soro* an seinem Gürtel. Glücklicherweise waren noch ein paar Schlucke drin. Er trank die Flasche aus, was ihn sofort wieder zu sich brachte, steckte die Phiole in die Tasche und ging mit der leeren Flasche *trampe*, die zu seiner Rettungsboje geworden war, weiter. Draußen tauchte er verzweifelt in die Flut der Verletzten, der Menschen mit zerschlagenen Knochen und der Amputationskandidaten ein, die sich vor den Türen des Krankenhauses drängten. Er hatte es nicht fertiggebracht, die Leiter noch weiter herunterzusteigen. »Bin ich in Gottes Arme gefallen?«, fragte er sich verwirrt. Was er in seinem Delirium gesehen hatte, war sicherlich eine Vorwegnahme der Zukunft. Moricène würde erwachen. Moricène würde ihn beschuldigen. »Komm zurück! Du musst vollenden, was du begonnen hast. Du hast Landengs Phiole in der Tasche«, flüsterte ihm eine Stimme zu. Er ging stur geradeaus weiter. Mit dem Schritt eines Mannes, der beim Besteigen des Schafotts seine Henker verhöhnen will.

Er war aus Gewohnheit ins Büro zurückgekehrt. Die Dienststelle war in den Hof umgezogen. Angesichts der Stapel von Akten, Ordnern und Computern, die man aus dem Gebäude geholt hatte, konnte man glauben, es handelte sich um die überstürzte Flucht vor einer anrückenden Armee von Massenmördern. Er war an seinen gewohnten Platz zurückgekehrt, obwohl der Beton über ihm bedrohlich wirkte und ihm gelegentlich das Gesicht der erdrückten Frau zurückwarf, deren Körper ihn vor dem sicheren Tod bewahrt hatte. Es war der Todestrieb, den jeder Mensch als Gegenstück zum Überlebenstrieb in den Genen trägt, der ihn trotz der Möglichkeit eines heftigen Nachbebens in seinem Sessel festhielt, obwohl durchaus nicht sicher war, dass das Gebäude standhalten würde. Er stellte die Phiole auf seinen Schreibtisch und betrachtete durch das Glas fasziniert die farblose Flüssigkeit. Bei der geringsten Erschütterung würde sie umfallen, aber die Phiole war solide genug, um auf der metallenen Tischplatte nicht zu zerbrechen. Es war nun nach 16 Uhr. Vor 24 Stunden hatte das Erdbeben die Einwohner von Port-au-Prince bei ihren üblichen Tätigkeiten überrascht und in einigen Vierteln eine Hekatombe angerichtet. Durch die offenen Fenster sah Dieuswalwe Azémar, wie die Sonne die trauernde Stadt mit ihren rötlichen Klingen streichelte. Die Bewohner richteten sich auf eine neue Nacht voll Angst unter freiem Himmel, auf den Bürgersteigen, den Straßen, in den Stadien, auf den öffentlichen Plätzen ein. Man musste hoffen, dass kein Regen fiel und die Januarnacht noch kühler machte. Der geringste Schauer verursachte Verwüstungen in der Stadt. Die guten Seelen beteten in diesem Moment sicher zu Gott, zum Teufel oder zu den *lwa**, dass der Himmel keine Tränen auf dieses geschundene Land vergießen möge.

Der Inspektor bemerkte eine ungelesene SMS auf dem Display seines Handys. Kommissar Solon hatte ihm die Kontaktdaten der Person geschickt, die er am nächsten Tag um neun Uhr am Sitz der Telefongesellschaft treffen sollte. Er dachte sich, dass Moricène ohnehin aufwachen würde, auch wenn es ihm wider Erwarten gelang, das Hindernis der aufgezeichneten Gespräche zu überwinden. Dieuswalwe

Azémar fühlte sich wie ein Stein, den man ins Leere geschleudert hatte und der seinen Flug fortsetzte, bis ein Hindernis ihn aufhielt. Die Wut ließ seine Adern anschwellen. Sein Herz schlug gegen seine Brust wie auf eine Trommel. »Achtung, Dieuswalwe«, dachte er. »Du riskierst eine Bluthochdruckkrise oder einen Herzanfall ... Und die Welt wird, Erdbeben hin oder her, ohne dich weiterleben.« Er wollte die Phiole aus dem Handgelenk gegen eine Wand werfen, bezwang aber seine Zerstörungswut im letzten Moment. Er stand auf und steckte das Fläschchen wieder in die Tasche. Das Telefon klingelte. Es war der Gerichtsmediziner.

»Kann ich Sie sprechen, Inspektor?«

»Haben Sie etwas gefunden?«

»Ich bin im Hof der Wache. Da ich nicht lebensmüde bin, gehe ich in das Gebäude nicht hinein. Ich warte auf Sie.«

»Ich komme«, sagte der Inspektor.

Er ging unverzüglich nach draußen. Die Stille schuf in den normalerweise belebten und lärmenden Fluren der Wache eine Endzeitatmosphäre. Zum ersten Mal bemerkte er Risse in tragenden Wänden des Gebäudes. Er fluchte mit zusammengebissenen Zähnen und ging schneller. Er sah sich wieder im Hotelzimmer unter der Frau, die ihn ritt wie eine Amazone. Sie waren gleichzeitig gekommen. Die Erinnerung an diesen besonderen Augenblick verursachte ihm eine kurze Erektion. Die Erde hatte im selben Moment zu schwanken begonnen. Eine schwere Masse war auf sie herabgestürzt, dann hatte er das blutüberströmte Gesicht der Frau gesehen. »Wie kommt es, dass ich noch lebe?«, fragte er sich. In solchen Fällen gab es keine logischen Erklärungen. Ein mysteriöser Zufall? Das Schicksal? Der Himmel legte das Schicksal der Menschen nach Kriterien fest, die die menschliche Intelligenz niemals verstehen würde. Im Hof unterhielt sich Doktor Falcin mit zwei Beamten. Sobald er den Inspektor bemerkte, verabschiedete er sich von den beiden Polizisten und ging auf ihn zu.

»Ihre Geschichte von einem Toten, der seine Geliebte besucht, ist absolut köstlich, Inspektor.«

»War er wirklich tot, als er zu Marie-Marthe gegangen ist?«, fragte Dieuswalwe Azémar trocken.

»Mal ernsthaft, Inspektor. Bleiben wir streng logisch, auch wenn das gegen die Kultur unseres Landes ist. Ein Toter ist ein Toter, und damit basta.«

»Also hat Marie-Marthe mit einem Lebenden geschlafen.«

»Ich habe die Leiche untersucht; man hatte sie gerade erst unter den Trümmern hervorgeholt. Eingedrückter Brustkorb, innere Organe zerquetscht. Kiloweise Beton und Eisen kennen kein Erbarmen.«

»In diesem Moment war er also tot.«

»Die Frage ist, wann er gestorben ist. Die Mauer kann auch erst später eingestürzt sein.«

»In diesem Fall wäre er bei Tagesanbruch in sein Atelier zurückgekehrt, und ein Nachbeben hätte den Rest erledigt«, sagte der Inspektor skeptisch. Ich verstehe nur nicht, warum Jacques Philostène dieses Risiko hätte eingehen sollen. Jedenfalls nicht, um seine Gemälde zu holen, denn heute Morgen waren dort keine. Sein Bruder behauptet, ein Weißer sei gestern Vormittag gekommen und hätte einen Teil der Sammlung mitgenommen, den Rest hätten Plünderer gestohlen. Ich glaube die Behauptungen des Bruders nicht. Wenn das stimmen würde, dann hätte Jacques Philostène Marie-Marthe davon erzählt.«

»Da ist immerhin ein komisches Detail.«

»Welches?«

»Jacques Philostènes Kopf ist zufällig verschont geblieben. Ich habe aber eine Prellung an der Schädelbasis festgestellt.«

»Eine Prellung an der Schädelbasis!«

»Sie kann durch einen heftigen Schlag, etwa mit einer Eisenstange oder einem Stein, verursacht worden sein. Ich habe keine Möglichkeit zu einer genaueren Analyse, und in der jetzigen Lage können wir es uns nicht erlauben, die Leute zu provozieren, indem wir eine Leiche zur Autopsie dabehalten. Wir würden auch keine Erlaubnis dazu bekommen. Wir müssen die akute Notlage meistern.«

»Es ist also möglich, dass Jacques Philostène am frühen Morgen ermordet wurde und man es als Todesfall durch das Erdbeben hingestellt hat.«

»Eine Mauer zu Fall zu bringen, die durch das Erdbeben bereits instabil ist, ist machbar. Jacques Philostène wird angegriffen, man schleift ihn bewusstlos oder tot unter die Mauer, bringt sie zum Einsturz, und die Sache hat sich.«

»Und der Mörder richtet es so ein, dass die, die Jacques Philostène nach dem Erdbeben gesehen haben, glauben, sie hätten es mit einem Wiedergänger, einem Zombie zu tun. Eine Kleinigkeit in einem Land, in dem die Leute so leichtgläubig sind. Die Mörder hätten nicht bis zum frühen Morgen gewartet, wenn Jacques nicht darauf bestanden hätte, sofort zu seiner Geliebten zu gehen. Sie haben einen Moment gezögert. Es ist ihnen nicht leicht gefallen, zumindest einem von ihnen. Ich nehme an, es war der Bruder, der sich nur schwer überwinden konnte. Sie haben der Version, dass Jacques von einem Nachbeben getötet wurde, als er sich am frühen Morgen in sein Atelier gewagt hat, nicht getraut. Sie haben die Version vorgezogen, in der von einem Zombie die Rede ist. Nicht leicht zu verstehen, aber wir sind eben in Haiti.«

»Was wollen Sie tun, Inspektor? Angesichts der Umstände und unserer Kultur des Imaginären ist es ein perfektes Verbrechen. Sie können nichts beweisen.«

»Da ist die Geschichte mit den Gemälden. Und noch etwas anderes.«

»Was?«

»Hierzulande ist man nicht darauf gefasst, dass jemand die Existenz von Zombies anzweifelt.«

»Sie wollen also nicht aufgeben«, sagte der Gerichtsmediziner.

»Nein«, antwortete der Inspektor seufzend. »Wenn es noch einen Haitianer gibt, der es nicht leiden kann, dass man ihn für schwachsinnig hält, dann bin ich das.«

*

Sie öffnete ihm, noch bevor er an die Tür geklopft hatte. Sie hatte ihn zwischen den Vorhängen der offenen Fenster hindurch kommen sehen. Ohne ein Wort nahm sie ihn an der Hand und führte ihn in das kleine Wohnzimmer, das er schon kannte. Die Möbel nahmen darin so viel Platz ein, dass man sich kaum noch bewegen konnte. Auf einem Wandteppich war die Szene abgebildet, die den Christen so teuer ist, nämlich Christus mit seinen Jüngern beim letzten Abendmahl. Bis gestern Nachmittag hatte dort massenweise Nippes auf den Regalen gestanden. Dieuswalwe Azémar war immer erstaunt, wie wenig Wert viele seiner Landsleute bei ihrer Dekoration und ihrer Einrichtung auf Originalität legten. Man hatte zu Hause genau das, was die anderen auch zu Hause hatten. Man strebte stets nach Konformismus. Man verhielt sich, als hätten die Menschen eine Gruppenseele, die die Gedanken der Individuen festlegte: Man aß gleich. Man tanzte gleich. Man betete gleich. Man trieb es im Bett gleich. Man wählte gleich. An diesem Abend waren nur noch ein paar Nippsachen übrig. Die meisten waren zerbrochen, als die Erde gebebt hatte. Er sah in einer Ecke Porzellansplitter. Marie-Marthe hatte sauber gemacht, aber der Beobachtungsgabe des Inspektors entging nichts.

»Ich habe immer ein wenig *tranpe* aufbewahrt, in der Hoffnung, dass du mich mal besuchst. Möchtest du welchen?«, fragte die junge Frau.

Er nickte. Er erkundigte sich nach Doris, der kleinen Tochter von Marie-Marthe.

»Sie schläft. Sie steht noch unter Schock von dem, was gestern Nachmittag passiert ist. Sie hatte gerade mit mir das Schulgebäude verlassen, als die Erde gebebt hat. Wir wurden zu Boden geworfen. Als wir aufgestanden sind, war von der Schule nichts mehr übrig. Ich habe Doris in die Arme genommen und bin davongelaufen. Überall um mich herum schrien und brüllten die Leute. Ich habe nur noch an eines gedacht: hierher zurückkommen. Ich dachte mir, ich würde vielleicht nicht viel vorfinden. Ich erinnere mich nicht einmal mehr, welchen Weg ich genommen habe. Ich bin aus Instinkt gelaufen. Als ich hier angekommen bin, habe ich Gott gedankt. Das Viertel war kaum betroffen. Das Haus hat praktisch nichts, außer dass ich innen alles in Ordnung bringen musste. Ich habe meine meisten Nippsachen und einen Fernseher verloren, den ich gerade erst gekauft hatte. Er ist beim Herunterfallen zerbrochen.«

»Du hast Glück«, sagte Dieuswalwe Azémar nur und ließ sich auf ein riesiges Ledersofa fallen.

Er liebte es, die leichte Feuchtigkeit des Möbels zu spüren. Plötzlich begehrte er die junge Frau. Er hatte sie oft auf diesem Sofa geliebt, während Doris im Schlafzimmer geschlafen hatte. Aber das war gewesen, bevor sie eine Beziehung mit Jacques Philostène eingegangen war.

»Du behauptest, ich hätte Glück gehabt, nach allem, was mir zugestoßen ist!«, rief sie aus, während sie ein Glas und die Flasche *tranpe* holen ging.

In den paar Sekunden, die sie ihn allein ließ, fühlte er sich gut. Aus der Ferne drang das Getöse der Stadt zu ihm. Gedämpft, abgeschwächt, abgemildert. Auch wenn er seit gestern keinen Fuß vor die Tür gesetzt hätte, hätte er daran, dass von draußen weniger Lärm kam, erraten, dass die Stadt einen Teil von sich verloren hatte. Die abgemilderten Geräusche trugen Leid, Beklemmung, Angst mit sich. Etwas, von dem es einem kalt den Rücken herunterlief. Manchmal gab es sogar überhaupt keine Geräusche. Eine eisige Stille. Eine Stille, die nur Platz für das Herzklopfen ließ.

»Der *soro*, den du mochtest«, sagte Marie-Marthe, als sie mit der Flasche und einem Glas zurückkam. »Ich habe ihn die ganze Zeit aufbewahrt. Er ist jetzt bestimmt besser.«

Der Inspektor schenkte sich gierig ein. Er trank langsam mit geschlossenen Augen und ließ seinen Gaumen Tropfen für Tropfen vom Aroma des Getränks durchdringen. Der bittere Geschmack des *asorosi* war köstlich. Der *kleren* war von verheerender Sinnlichkeit. Er liebkoste seinen Körper von innen, massierte seine Seele, besänftigte sofort alle seine Schmerzen, schwächte seine Ängste ab, bis sie wirkungslos wurden.

»Hat Jacques dir gestern nichts erzählt?«, fragte Dieuswalwe Azémar, als er sein Glas voller Zuneigung wieder abstellte.

»Er hatte nur Sex im Sinn ... Er war wie ein läufiger Hund. Das war nicht seine Art. Aber ich habe ihn verstanden. Nach dem Schock am Nachmittag musste er vergessen, sich abreagieren ... Männer sind so, du hast es mir oft bewiesen, Dieuswalwe.«

Er sah sie an. Sie war immer noch schön. Die Schwierigkeiten des Lebens hatten sie noch nicht gebrandmarkt. Dabei hatte sie einiges mitgemacht wie all jene Frauen, die allein ein Kind aufziehen müssen. Sie hatte zur Zeit ihrer Beziehung mit ihm kein schönes Leben gehabt. Nicht, dass er ein schlechter Liebhaber gewesen wäre, aber er hatte nie die Mittel gehabt, für sie zu sorgen. Oft war sie gezwungen gewesen, mit anderen Männern zu gehen, um das Schulgeld für ihre Tochter bezahlen und ihr jeden Morgen eine Lunchbox vorbereiten zu können. Er hatte sich hin und wieder zu furchtbaren Eifersuchtsanfällen hinreißen lassen und einmal sogar einen ihrer vorübergehenden Liebhaber mit seiner Waffe bedroht. Sie hatte ihm alle ihre Schwierigkeiten erklärt und ihm versichert, dass das nichts an ihren Gefühlen für ihn änderte. Schließlich hatte er es eingesehen. Er zahlte nur den Preis für seine Lebensentscheidung, dafür, dass er menschlich war, wo andere einen Schwanz, einen Tierschwanz, trugen, wenn sie nicht wie Würmer auf dem Bauch krochen. Als sie Jacques Philostène getroffen hatte, war die Zeit gekommen, sich zurückzuziehen. Er hatte es nicht bereut, auch wenn ihn manchmal der Wunsch quälte, Marie-Marthe zu sehen. In der Spirale seiner Ausschweifungen war die junge Frau sein Lichtschein in der Dunkelheit gewesen, sein Moment des Friedens, der Ort, an dem er wieder menschliche Gestalt annahm.

»Hat er nichts über seine Gemälde gesagt?«

»Nein«, wunderte sich Marthe, »warum?«

»Sie sind aus seinem Atelier verschwunden. Sein Bruder behauptet, ein Ausländer sei gestern früh mit einen großen Teil der Gemälde weggegangen und Plünderer hätten im Laufe der Nacht den Rest mitgenommen.«

»Hätte Jacques Philostène ein so gutes Geschäft gemacht, hätte er mir etwas davon gesagt.«

Sie überlegte einen Moment.

»In der Nacht ist er, nachdem er zum ersten Mal mit mir geschlafen hatte, auf die Terrasse gegangen, um zu rauchen. Als er zurückgekommen ist, sah er betrübt aus. Ich habe ihn darauf angesprochen, und er hat mir geantwortet, dass es nach dieser Katastrophe schwieriger werden würde und es wenig Käufer für seine Gemälde geben würde. Das hat er gesagt.«

Sie hatte sich neben den Inspektor auf das Sofa gesetzt und die Arme vor der Brust verschränkt, als fröre sie oder fürchtete sich. Dieuswalwe Azémar fasste sie an den Schultern.

»Schau mir in die Augen, Marie-Marthe, und antworte mir ... Der Mann, der dich gestern berührt hat, der deinen Körper mit seinen Händen geknetet, sich an deinem Geschlechtsteil erfreut hat, glaubst du tief in deinem Inneren wirklich, dass das ein Toter war?«

»Ich habe seine Leiche gesehen«, beharrte sie. »Er ist beim Erdbeben gestorben.«

»Hast du schon mal gehört, dass ein Toter all das tut, was Jacques Philostène gestern Abend getan hat? Nein, Marie-Marthe! Der, der gestern Abend zu dir gekommen ist, hat noch gelebt.«

Marie-Marthe sah ihn mit weit aufgerissenen Augen an.

»Meinst du, er ist danach gestorben?«

»Das ist die einzige Erklärung.«

»Aber wie?«

»Ich habe Jacques Leiche untersuchen lassen. Der Gerichtsmediziner hat an der Schädelbasis eine Prellung entdeckt. Der Schlag, der sie verursacht hat, konnte zu Bewusstlosigkeit oder sogar zum Tod führen. Anschließend hat man den Körper unter die Mauer geschleppt, die nach dem starken Beben leicht zum Einsturz zu bringen war. Ein Mord wird mit dem Erdbeben getarnt. Es sei denn, er ist am frühen Morgen in sein Atelier zurückgekehrt und wurde drinnen von einem Nachbeben überrascht. Aber in diesem Fall hätte er aufgepasst. Das ist nicht besonders logisch. Und wo sind außerdem seine Bilder geblieben?«

»Das mit den Bildern hat dir sein Bruder doch erklärt.«

»Glaubst du das? Denk doch mal nach, Marie-Marthe ... Ein Toter auf deinem Bauch ... Das ergibt keinen Sinn!«

Sie erhob sich brüsk, ihr Körper erschauerte plötzlich.

»Jacques Philostène soll umgebracht worden sein! Nein, Dieuswalwe ... Jacques Philostène war ein guter Mensch ... Es waren keine Feinde von ihm bekannt.«

Sie schüttelte den Kopf.

»Streng dich an und denk nach ... Er hat dir sicher etwas gesagt, und sei es auch ungewollt. Du warst die Frau, mit der er sein Leben geteilt hat.«

Sie schüttelte den Kopf.

»Nicht, dass ich wüsste, Dieuswalwe ... Aber du, du bist ein Ungläubiger. Du glaubst an nichts ... Es gibt Dinge, die kann man nicht verstehen, nicht erklären ... Jacques Philostène wollte vielleicht ein letztes Mal mit mir schlafen, bevor er gegangen ist.«

»Warum fürchtest du dich dann?«, blaffte der Inspektor. »Warum hältst du dich für verflucht?«

»Es war immerhin ein Toter, Dieuswalwe.«

»Er war nicht tot«, antwortete der Inspektor mit Nachdruck.

Sie ließ sich auf das Sofa fallen.

»Ich kann genauso logisch sein wie du, Dieuswalwe. Es wäre für die Verbrecher einfacher, zu behaupten, dass Jacques Philostène frühmorgens von einem Nachbeben getötet wurde.«

»Erstens ist es nicht sehr logisch, dass jemand auf diese Weise umkommt, wo alle Leute auf der Hut sind. Und zweitens verwirklichen die beiden Mörder, indem sie seinen Tod vorverlegen und ihn auf eine andere Weise erklären, ihren eigenen Wunsch, nämlich dass Jacques beim Erdbeben umkommen sollte. Indem sie diese Geschichte erfinden, versuchen sie, sich von dem Mord loszusprechen. Sie glauben bald selbst daran, dass Jacques zu der von ihnen behaupteten Zeit gestorben ist.«

Marie-Marthe nahm den Kopf in beide Hände.

»Du bist der Superintelligente. Ich kann nicht mehr. Ich werde noch verrückt.«

»Beruhige dich«, sagte der Inspektor. »Ich verspreche dir, dass wir für alles eine Erklärung finden ... und dass wir seine Bilder wiederfinden.«

»Seine Bilder wiederfinden?«

»Ich bin sicher, dass das Verschwinden der Bilder mit seinem Tod zusammenhängt«, sagte der Inspektor.

»Der Ausländer, der die Bilder gekauft hat?«

»An diese Geschichte von dem Ausländer glaube ich auch nicht.«

Sie sah den Inspektor verblüfft an.

»Nein ... Nein ... Franck ist ein Mann der Kirche. Auch wenn seine Frau eine wahre Schlange ist.«

»Hat Jacques dir von irgendwelchen Sorgen erzählt?«

»Jetzt fällt es mir wieder ein!«, rief Marie-Marthe aus. »Er hat mir zweimal gesagt, dass er sich Sorgen um seinen Bruder gemacht hat, der in Geldverlegenheiten war. Franck diente Jacques Philostène manchmal als Agent. Jacques Philostène sollte ihm 100 000 Gourde leihen. Jacques Philostène hatte diese Summe nicht. Franck hat ihm dann vorgeschlagen, ihm einige Kunden für Gemälde zuzuführen. Jacques Philostène hat zunächst zugestimmt, dann hat er sich aber hartnäckig geweigert zu verkaufen.«

»War er nicht zufrieden mit dem, was man ihm geboten hat?«

»Er wollte nicht an irgendjemanden verkaufen ... Es war ihm wichtig, dass seine Gemälde in guten Händen waren. Ihm ging es nicht nur ums Geld. Er hing sehr an seinen Werken.«

»Wie hat Franck reagiert?«

»Er war nicht erfreut. Es gab in der Folge Spannungen zwischen den Brüdern. Aber nicht mehr.«

»Wann ist das passiert? Vor dem Erdbeben?«

»Das ist jetzt zwei Wochen her«, sagte Marie-Marthe.

»Warum nennst du die Frau von Franck eine echte Schlange?«

»Sie ist eine Frau, die nur für den Blick der anderen lebt. Sie gehört zu den Leuten, die aus einem benachteiligten sozialen Milieu stammen und zu allem bereit sind, um sich und vor allem den anderen zu beweisen, dass sie nach oben kommen können. Ihretwegen hat sich Franck in heikle Situationen begeben. Sein Bruder ist ihm oft zu Hilfe gekommen. Vor kaum einem Monat hat er sich bereitgefunden, einen Bankkredit aufzunehmen, um ein Grundstück zu kaufen und mit dem Hausbau zu beginnen. Jacques Philostène hatte ihm von diesem Kredit zu einem Wucherzins abgeraten.«

Der Inspektor schenkte sich noch ein Glas ein. Mireya machte sich bestimmt Sorgen. Sie würde nicht einschlafen, bevor sie ihren Adoptivvater gesehen hatte.

»Ich würde dich gern bitten zu bleiben, Dieuswalwe, aber ich kann es nicht ... Nicht nach dem, was gerade passiert ist. Kannst du das verstehen?«

Er trank sein Glas aus und stand auf.

»Ich verstehe. Ich kann Mireya heute Abend ohnehin nicht allein lassen. In dieser Nacht kann alles passieren. Die Stadt ist sich selbst überlassen. Die Regierung hat keine Erklärung abgegeben.«

»Gibt es denn eine Regierung?«, wunderte sich Marie-Marthe.

Er küsste sie auf die Stirn.

»Nimm die Flasche *soro* mit. Du wirst sie brauchen.«

»Du bist wunderbar«, sagte er und küsste sie noch einmal.

Er nahm die Flasche und ging, ohne sich umzudrehen. Draußen war es dunkel geworden. Es war kühl. Der Himmel war klar. Die Sterne begannen, sich am Himmel festzusetzen. Er sah die drei Könige und den kleinen Bären. Kein Anzeichen von Regen. Die Brise trug einen leichten Geruch mit sich ... Einen Geruch, der die Verwesung der Leichen ankündigte.

*

Es war eine bewegte Nacht geworden. Mireya hatte ihn bei seiner Rückkehr weinend empfangen und ihm vorgeworfen, sie bei Manou gelassen zu haben, während die Erde bebte, um sie zu verschlingen. So hatte sich das kleine Mädchen ausgedrückt. Er wusste nicht, wie sie auf das Bild von der Erde gekommen war, die einen verschlingt. Mireya war immer ein seltsames kleines Mädchen mit außergewöhnlichen Gaben gewesen. Nach der Geschichte mit dem Klang der Glocken von La Brésilienne und der Verwandlung von Wachtmeister Colin* hatte er es aufgegeben, die merkwürdigen Kräfte seiner Tochter verstehen zu wollen. Die Geschichte von der Erde, die einen verschlingt, hatte ihn eine gute Stunde gequält, so dass er, als er eingeschlafen war, einen Albtraum gehabt hatte, der ihn sehr mitgenommen hatte. Er wurde darin von Moricène verfolgt, der aus seinem Koma erwacht war. Der junge Mann trug seinen Krankenhauspyjama und einen Verband um den Kopf. Er zielte mit dem Zeigefinger auf ihn und brüllte: »Du wirst noch tiefer fallen und in den Armen des Teufels landen!« Er lief davon, wusste aber, dass Moricène ihn schließlich einholen würde. In der Ferne sah er Mireya, nicht seine Tochter, sondern die Dominikanerin, die er in La Brésilienne bis zum Wahnsinn geliebt hatte. Sie reichte ihm die Hand, um ihm zu Hilfe zu kommen. Er sagte sich, dass er seinem Verfolger entkommen würde. Die Erde öffnete sich unter seinen Füßen. Er sah die Zähne der Erde. Scharfe, riesige Zähne aus Fels. Er fiel in den Bauch der Erde und wachte schweißgebadet auf; sein Herz schlug so heftig, dass ihm die Brust wehtat. Kaum hatte er begonnen, sich von dem Albtraum zu erholen, als er in der angrenzenden Straße ein dumpfes Rumoren hörte. Er stand auf und sah eine riesige Menschenmenge, die sich im Schein von Kerosinlampen und Kienspänen auf die Berge zubewegte. So erfuhr er ebenso wie alle anderen, die die Menge mit ihrem Lärmen geweckt hatte, das Gerücht, das gerade von Mund zu Mund ging: der Tsunami! Man musste so schnell wie möglich fliehen. Bald würde von der Stadt nichts mehr übrig sein. Die imposante nächtliche Flucht übte eine gewaltige Sogwirkung auf die Menschen aus, die eilig zusammenrafften, was sie konnten. Die alte Manou saß auf dem Boden und wartete darauf, dass der Inspektor eine Parole ausgab. Sie war verschreckt, aber wenn es um Dinge ging, die ihren intellektuellen Horizont überstiegen, vertraute sie nach Gott blind auf Dieuswalwe Azémar. Nur Mireya war von dem Tumult nicht aufgewacht. »Ein Tsunami kommt einige Minuten oder spätestens einige Stunden nach einem Erdbeben«, erklärte ihr der Inspektor. »Das Beben ist jetzt schon über vierundzwanzig Stunden her. Vom Meer ist nichts mehr zu befürchten. Das sind Gauner, sie streuen dieses Gerücht aus, um sich alles unter den Nagel zu reißen, was die Bevölkerung zurücklassen muss.« Manou wackelte, nicht recht überzeugt, mit dem Kopf. Sie sagte sich wohl, dass es ihr in der Nacht so oder so nicht möglich war, bis in die Berge zu laufen. Sie begann zu beten und ihren Rosenkranz zu befingern. Dieuswalwe Azémar ging näher heran, um die Menge, die ein Schrecken vom Urgrund der Zeiten vorwärtstrieb, besser zu sehen. Die Angst war so stark und wurde von der Menge so sehr geteilt und erlebt, dass sie, so mitten in der Nacht, ansteckend wirkte. Dieuswalwe Azémar kam sich zu klein, zu unbedeutend vor, um zu glauben, dass er angesichts dieser Tausenden von Menschen im alleinigen Besitz der Wahrheit sein könnte. Eine tückische Befürchtung wandelte ihn an. Ein Schauer lief ihm über den Rücken. Wenn er sich irrte? Wenn das Meer im Anmarsch war, seine brausenden, tosenden Wellen sich immer höher auftürmten, je näher sie der Küste kamen? Er sah, wie das Meer Port-au-Prince bis zum Fuß der Berge, die die Stadt vor der Wut der Hurrikans schützen sollten, zertrümmerte. Nur mit

Gewalt konnte er sich vom Schauspiel der Menge losreißen und sich vom Sog der nächtlichen Flut freimachen. Er legte sich neben Mireya, konnte aber nicht einschlafen, sondern horchte weiter auf die leisesten Geräusche der Nacht und glaubte, in der Ferne das apokalyptische Grollen des Tsunami zu erahnen. Er holte die in einem Koffer voller Kleider versteckte Flasche hervor, die ihm Marie-Marthe geschenkt hatte. Sie war fast leer. Kaum ein Schluck *soro*. Der Verdruss darüber öffnete ihm die Pforten zu einem tiefen Schlaf, in dem er weder von Mireya, noch von Moricène, noch von der verschlingenden Erde, noch vom Tsunami träumte.

Der Geruch der verwesenden Leichen kündigte sich an. Ein beizender Gestank, von dem es einen inwendig juckte, als fräßen Millionen Ameisen einem die Eingeweide aus dem Leib. Bald würden sich die Port-au-Princer etwas einfallen lassen müssen, um sich vor diesen Ausdünstungen zu schützen. Einige Bürger schmierten sich bereits Zahnpasta unter die Nase, wenn sie auf die Straße gingen, andere hielten sich ein alkoholgetränktes Tuch vor. Leichen lagen an allen Straßenkreuzungen. Es war Donnerstagmorgen, über 36 Stunden nach dem Erdbeben, und man wartete immer noch auf eine Ansprache des Staatsoberhauptes an die Nation. Keine Spur von internationaler Solidarität. Die Dominikaner hielten die Grenze Tag und Nacht offen, damit die Verletzten rasch Zugang zu ärztlicher Versorgung erhielten und die humanitären Konvois an die Orte der Katastrophe gelangen konnten. Vorerst stand die Insel allein am Krankenlager von Port-au-Prince. Dieuswalwe Azémar machte sich indes keine Illusionen. Die ausländischen Geier würden bald eintreffen, um sich gütlich zu tun und ihren Profit aus der Not des Volkes zu schlagen, die das Erdbeben gerade auf so pathetische Weise bloßgelegt hatte.

Der Inspektor kam am Sitz der Handygesellschaft an, deren Gebäude vom Erdbeben verschont geblieben war. Am Empfang sah er nur zwei Sicherheitsleute. An den Vitrinen voller Telefone, vor denen sich die Kunden sonst immer gierig drängten, stand niemand. Dieuswalwe Azémar zeigte seine Marke vor und informierte die Sicherheitsleute, dass er einen Termin mit Alex Maldwin, einem hohen leitenden Angestellten der Firma, hatte. Er wartete etwa zwanzig Minuten, dann trat ein nur mit einer Jeans und einer weißen Guayabera* bekleideter Mann, dem sein Alter nicht anzusehen war, durch eine Glastür und kam auf ihn zu.

»Inspektor Azémar?«, fragte er.

»Das bin ich«, sagte Dieuswalwe.

»Ich bin Alex Maldwin. Folgen Sie mir.«

Er führte den Polizisten in ein Labyrinth von Fluren. Schließlich kamen sie in einen Raum, in dem das Firmenlogo über die Bildschirme mehrerer Computer lief.

»Nach dem Erdbeben halten wir den Betrieb mit dem allernötigsten Personal aufrecht«, erklärte er. »Wir sind auf Autopilot.«

Er setzte sich vor einen Computer und tippte auf der Tastatur.

»Ich tue das aus Gefälligkeit für Kommissar Solon. Was ich mache, ist absolut illegal, deshalb will ich nichts wissen. Sie haben eine Stunde, nicht mehr.«

»Das müsste reichen«, sagte der Inspektor mit trockener Kehle.

»Sie haben hier alle getätigten und eingegangenen Anrufe. Sie können sie mit diesem Kopfhörer anhören. Es ist verboten, irgendetwas aufzuzeichnen, das habe ich dem Kommissar deutlich zu verstehen gegeben.«

»Die Sache ist von äußerster Wichtigkeit. Es könnte sein, dass wir uns gezwungen sehen ...«

Der Inspektor markierte ein Zögern.

»Sprechen Sie, Inspektor. Wir haben nur wenig Zeit zur Verfügung.«

»Ich muss bestimmte Gespräche aus dem System löschen.«

Alex Maldwin schüttelte den Kopf. Er überlegte einige Sekunden, dann tippte er erneut auf der Tastatur.

»Hier haben Sie alles auf dem Bildschirm. Sie wählen den betreffenden Zeitraum aus, dann geben Sie den Befehl zum Löschen. Sie haben noch 56 Minuten. Ich hole Sie hier wieder ab.«

Er stand auf und überließ dem Inspektor den Platz. Dieser war nun allein. Vor sich hatte er die Liste aller Anrufe, die Aldrine Solon am 9., 10., 11. und 12. Januar 2010 getätigt und empfangen hatte. Er suchte die Anrufe heraus, die ihn betrafen. Es waren nicht viele, aber der Anruf vom Nachmittag des 12. interessierte ihn. Er drückte eine Taste, um ihn anzuhören.

»Hallo!«

Das war die Stimme des Inspektors.

»Dieuswalwe ... Ich bin's, Aldrine ... Ich muss dich heute Nachmittag treffen ... Es ist wichtig.«

»Ich habe dir schon gesagt, Aldrine, es ist besser, wenn wir uns nicht sehen. So wie wir uns zueinander hingezogen fühlen, gehen wir ein hohes Risiko ein. Wir müssen damit aufhören.«

»Dieuswalwe! Es geht um Solon ... Er ist in Gefahr.«

»Wie in Gefahr?«

»Ich will nicht am Telefon darüber sprechen.«

»Ist das nicht nur ein Vorwand, um mich zu treffen, Aldrine?«

»Ich will dich sehen, Dieuswalwe, das will ich gar nicht verheimlichen. Aber das mit Solon ist ernst. Er schätzt dich zu sehr, um dich um Hilfe zu bitten. Sein Leben ist bedroht, Dieuswalwe. Nur du kannst ihm helfen ... Bitte.«

Einige Sekunden herrschte Stille.

»Bitte, Dieuswalwe!«, insistierte Madame Solon.

Dieuswalwe Azémars Herz klopfte wild. In Aldrine Solons Stimme lag Angst. Sie spielte nicht. Sie war aufrichtig.

»Okay«, sagte der Inspektor. »Wir treffen uns heute Nachmittag um drei Uhr. Vor dem Floye.«

Das Floye war ein sehr bekanntes Tanzlokal in Port-au-Prince, in dem vor allem am späten Abend Betrieb herrschte.

»Danke, Dieuswalwe ... Du tust es für Solon.«

Es hatte etwas Unwirkliches, ein Gespräch anzuhören, das man vor zwei Tagen geführt hatte, ohne daran zu denken, dass alles, was man sagte, in einer Datenbank gespeichert wurde. Die moderne Welt war so zivilisiert, dass das Privatleben zu einem immer unbestimmteren Begriff wurde. Auch wenn die Gesetze Schranken setzten, konnten doch spezialisierte Forschungsdienste aller Art, ob staatlich oder privat, allen Schutzvorschriften zum Trotz nach Belieben auf die Informationen zugreifen, die sie für nötig erachteten. Dieuswalwe Azémar hörte sich das Gespräch ein weiteres Mal an, um es sich einzuprägen, dann löschte er es aus der Datenbank. Es war zwar nicht bewiesen, dass er zu dieser Verabredung erschienen war, und selbst wenn, ließen die vorhandenen Anhaltspunkte keine eindeutige Schlussfolgerung zu. Er hätte Aldrine Solon um drei Uhr treffen und nur wenige Minuten später wieder gehen können. Was Kommissar Solons Ehefrau danach getan hätte, hätte ihn nicht betroffen. Sollte allerdings Moricène aus seinem Koma erwachen, würde er ihm mit seiner Aussage einen Nagel mitten ins Herz treiben. Auch der dümmste Ermittler könnte dann nachvollziehen, wie sein Tagesablauf ausgesehen hatte.

Der Inspektor konnte sich beim Anhören des Gespräches davon überzeugen, welche Verwüstungen der *soro* in seinem Gedächtnis anrichtete. Es sei denn, der Schock, den er erlitten hatte, als in dem Hotelzimmer ein Teil der Decke auf Madame Solon herabgestürzt war, hatte die Wirkung des Alkohols verstärkt. In seinen Erinnerungen verschwamm alles. Er erinnerte sich, das Präsidium gegen zwei Uhr verlassen zu haben. Anschließend war er *soro* trinken gegangen. Vermutlich bei

Madame Baptiste, seiner Hauptlieferantin. Bei ihr gab es den besten *tranpe* der Stadt. Vielleicht hatte er mehr getrunken als gewöhnlich. Warum? Er brauchte keinen besonderen Grund, um mehr zu trinken als gewöhnlich. Es reichte aus, dass ihn eine Welle der Traurigkeit überschwemmte, dass sein Ekel vor diesem Land plötzlich den Damm durchbrach, den er solide zu halten suchte, und er verlor beim Trinken jedes Maß. Dann errichtete der *soro* eine Mauer zwischen ihm und der Wirklichkeit, einen Schirm, auf den er Bilder aus seiner Kindheit in den grünen Bergen projizierte, Bilder von seiner Mutter, wie sie im klaren, singenden Fluss die Wäsche spülte, Bilder von Mireya, der Frau, die während der Ermittlungen zum verschwundenen Klang der Glocken des kleinen Dorfes La Brésilienne wie ein Meteor durch sein Leben gezogen war. Er war zu der Verabredung gegangen. Er war in Aldrine Solons RAV4 gestiegen. Was hatte sie ihm über die Gefahr gesagt, die ihrem Mann drohte? Wie hatte sie ihn davon überzeugen können, mit ihr in dieses Hotel zu gehen, in das Verliebte kamen, um sich ihrer Liebe frei hinzugeben? Oder war er es, der unter dem Einfluss des *soro* den Reizen von Madame Solon erlegen war? Er musste zugeben, dass sie eine stürmische Sinnlichkeit ausstrahlte, jene Art von Sinnlichkeit, die keine Schönheit benötigte, um verheerend auf die Männer zu wirken. »Der verdammte *soro!*«, fluchte der Inspektor. Er schloss die Augen und versuchte, sich in den dunklen Wolken zu orientieren, die sein Gedächtnis verhüllten. Er förderte nichts zu Tage. Keine Spur von einem Gespräch mit Madame Solon über die Gefahr, die ihrem Mann drohte. Die Zeit verging. Zur Sicherheit hörte er seine übrigen Gespräche mit Aldrine Solon an. Nur vorsichtige Galanterien. Er war auf der Hut. Sie waren sich eines Abends zufällig in einem Restaurant mit Tanz begegnet. Madame Solon begleitete eine Freundin, die ihren Geburtstag feierte. Er war dort, um die Zeit zwischen zwei Gläsern Rum totzuschlagen. Nur sehr selten zog er das Nationalgetränk seinem geheiligten *tranpe* vor. Sie hatten miteinander getanzt und sich im Halbdunkel leidenschaftlich umschlungen. Einen Moment hatte er geglaubt, er würde den Kopf verlieren. Im Haus des Kommissars hatte er mehrfach gespürt, dass Madam Solon Interesse an ihm hatte. Er war überrascht darüber gewesen, denn er sagte sich oft, dass eine Frau mit der Klasse von Aldrine Solon niemals auch nur das geringste Interesse für ihn bekunden würde, der wie ein Penner aussah. Mireya in La Brésilienne war eine fabelhafte Ausnahme gewesen, eine Laune des

Schicksals, die nicht von Dauer gewesen war. Seitdem hatte er Abstand zur Frau seines Vorgesetzten gehalten.

Eine Hand legte sich auf seine Schulter. Er fuhr auf, nahm den Kopfhörer ab und drehte sich um. Es war Alex Maldwin.

»Sie müssen jetzt gehen, Inspektor. Die Zeit, die ich Ihnen im System einräumen konnte, ist um.«

Er stand auf und murmelte ein kaum hörbares Danke.

»Haben Sie etwas gefunden?«

»Eigentlich nicht«, log er. »Aber wir mussten das überprüfen.«

»Ich begleite Sie zum Ausgang«, sagte Alex Maldwin.

Sie verließen wortlos das Gebäude. Bevor sie auseinandergingen, erinnerte Alex Maldwin ihn daran, dass er an diesem Vormittag des 14. Januar keinen Besuch von einem Polizeibeamten gehabt hatte und er das auch unter Eid aussagen würde. Der Inspektor nickte und verabschiedete sich. Es störte ihn keineswegs, dass kein Polizist an diesem Vormittag die Aufzeichnungen angehört haben sollte. Dank Kommissar Solons Vertrauen zu ihm war die Sache einfacher gewesen als erwartet. Etwas trieb ihn trotz allem um. Ein Gefühl der Dringlichkeit, das mit seiner eigenen Lage, mit dem Damoklesschwert namens Moricène über seinem Kopf nichts zu tun hatte. Was hatte Madame Solon über ihren Mann zu ihm gesagt? Je mehr er sich bemühte, durch das Dunkel hindurchzudringen, desto dichter wurde es. War Moricène in der Zwischenzeit erwacht? In diesem Fall hätte Doktor Williams ihn angerufen ... Er versuchte, Kommissar Solon am Telefon zu erreichen. Es klingelte, aber niemand nahm ab.

*

Inspektor Dieuswalwe Azémar bat den Motorradfahrer, einige Meter vor dem Schild mit der Aufschrift »Aux Arts Premiers« stehenzubleiben. Die Kunstgalerie lag in Pacot, einem der Höhenstadtteile, die vom Erdbeben weitgehend verschont geblieben waren. Natürlich bezahlte er für die Fahrt nichts. Der Fahrer, dem er seine Marke gezeigt hatte, wagte kein Geld von ihm zu verlangen. Wenn er so weitermachte, würden die Motorradtaxifahrer der Hauptstadt ein Kopfgeld auf ihn aussetzen. Sollte die Generalinspektion eines Tages penibler auf das Verhalten der Polizeibeamten achten, würde es ihm schwerfallen, heil aus der Sache herauszukommen. Die Galerie war geöffnet. Ein laufender Generator verpestete die Luft mit seinem Diesel. Der Inspektor stieg eine Holztreppe hoch und trat in eine Art Ausstellungshalle. Hier fand man naive Bilder, allesamt von bescheidener Qualität, Holz- und Metallskulpturen, Halsketten, Armreife. Ramsch für ahnungslose Touristen. Vollkommen uninteressant. Der Raum war dunkel. Ganz hinten schien Licht unter einer Tür durch, die vermutlich in ein Büro führte. Der Inspektor vernahm das diskrete Brummen einer Klimaanlage. Auf der linken Seite öffnete sich eine andere Tür mit der Aufschrift *Bathroom*. Eine Frau in den Sechzigern, die sich durch ihre schlichte Kleidung von der Einrichtung abhob, kam auf den Inspektor zu. Eine einfache Verkäuferin. Nicht die Person, die er suchte.

»Was wollen Sie, Monsieur?«, fragte sie und musterte ihn geringschätzig.

»Ich bin von der Polizei«, sagte er ohne Umschweife. »Ich möchte Monsieur Bandrel sprechen.«

»Von der Polizei!«, rief sie aus und sah ihn mit dem Ausdruck vollkommener Überraschung an.

Er zeigte seine Marke vor. Das musste er ständig tun, um zu beweisen, dass er kein Hochstapler war.

»Monsieur Bandrel ist nicht da«, sagte sie rasch.

»Sind Sie sicher?«

»Warum sollte ich Sie anlügen?«

Der Inspektor hatte mit der genannten Person nicht zum ersten Mal zu tun. Er hatte in mehreren Fällen von Kunstdiebstahl ermittelt, und jedes Mal war der Name Bandrel gefallen. Es hieß, dass der gesamte illegale Handel mit Gemälden und Kunstgegenständen in Port-au-Prince über ihn lief. Wer ein mehr oder minder wertvolles gestohlenes Bild in der Hand hatte und es zu einem guten Preis möglichst rasch loswerden wollte, musste sich an Bandrel wenden. Er war nie festgenommen worden. Niemand hatte je Anzeige gegen ihn erstattet. Betrug war in diesem Land gängige Praxis.

Er schob die Frau beiseite und ging auf die Tür zum Hinterzimmer zu.

»Das ist privat«, sagte die Frau kurz angebunden.

»Halten Sie sich zurück, oder ich nehme Sie fest«, antwortete der Inspektor, ohne sich umzudrehen.

Sie sagte nichts mehr. Dieuswalwe drehte am Türknauf. Die Tür war von innen nicht verriegelt. Er stieß sie mit einem Ruck auf. Ein Mann stand vor einem Schreibtisch, auf dem sich die Akten stapelten. Er beugte sich über ein Gemälde und untersuchte es, die Brille in einer Hand. Auf das Geräusch des eintretenden Inspektors hob er den Kopf und setzte seine Brille eilig wieder auf. Es war Bandrel. Er erkannte den Polizisten sofort.

»Inspektor Azémar!«, rief er aus, ohne seine Überraschung zu verbergen. »Was machen Sie denn hier?«

»Wissen Sie, dass Jacques Philostène tot ist?«

Bandrel hob mit betrübter Miene die Hände zum Himmel.

»Wie viele Talente, wie viele große Geister hat uns dieses Erdbeben doch genommen, Herr Inspektor«, jammerte er. »Womit haben wir dieses Schicksal verdient?«

Der Inspektor konnte den Mann nicht ertragen. Er ähnelte einer Schlange. Er sprach zischend, seine kleinen Augen schienen hinter den Vergrößerungsgläsern seiner Brille Reptilienpupillen zu haben.

»Ersparen Sie mir Ihre Wehklagen, Bandrel. Das Leben unserer Künstler schert Sie einen Dreck. Was Sie interessiert, ist Ihr Geld.«

»Ihnen verdanke ich, dass ich Geld verdiene!«, antwortete Bandrel.

»Ich bin hier, weil mir die Umstände von Jacques Philostènes Tod nicht gefallen.«

»Was soll das heißen?«

»Er wurde nach dem Erdbeben noch gesehen, und seine Bilder sind verschwunden.«

Bandrel begann, mit den Fingern auf den Schreibtisch zu trommeln. Trotz der Klimaanlage erschienen auf seiner Stirn einige Schweißperlen.

»Wenn jemand gestohlene Gemälde verkaufen will, an wen denkt er dann sofort?«, fragte der Inspektor und sah dem Kunsthändler dabei direkt in die Augen.

»Ich habe nichts damit zu tun, Herr Inspektor«, klagte Bandrel. »Man hat meinen Ruf ruiniert. Das waren meine Konkurrenten, die mich vernichten wollen. Aber Sie können sicher sein, dass ich Sie sofort anrufe, wenn jemand mir die Bilder von Jacques Philostène anbietet. Schauen Sie ... Ich habe Ihre Telefonnummer immer noch.«

Er kramte hektisch in einer Schublade und schwenkte eine Karte.

»Das ist Ihre Karte, Herr Inspektor.«

Azémar fegte mit einer zornigen Handbewegung die Akten von Bandrels Schreibtisch.

»Versuchen Sie nicht, mich reinzulegen. Wo sind die Bilder von Jacques Philostène?«

»Ich bin nicht der, für den Sie mich halten, Herr Inspektor«, protestierte Bandrel.

Azémar zog seine Waffe. Dem Sammler brach der Schweiß in dicken Tropfen aus.

»Es ist kurz nach dem Erdbeben, Bandrel. Es herrscht das Chaos. Jeder wird nur zusehen, wo er selber bleibt, und niemanden wird es scheren, wenn ich Sie hier niederschieße. Ich könnte irgendetwas erzählen. Glauben Sie, die Generalinspektion oder die Beobachter von den Vereinten Nationen kümmern sich darum? Ich hab's eilig ... sehr eilig.«

»Es gibt noch andere Verkäufer«, sagte Bandrel weinerlich.

Der Inspektor ging um den Schreibtisch herum und packte Bandrel am Hemdkragen. Er war kräftiger, als seine magere Statur und sein säuferhaftes Aussehen vermuten ließen.

»Ich habe gesagt, dass ich keine Zeit zu verlieren habe.«

Er steckte Bandrel den Lauf seiner Waffe in den Mund. Dieser rollte verschreckt mit den Augen und bedeutete dem Polizisten durch Kopfbewegungen, dass er sich seinen Argumenten fügte. Der Inspektor nahm ihm die Waffe aus dem Mund.

»Es ist tatsächlich jemand gekommen und hat mir die Gemälde von Jacques Philostène angeboten. Er hat mir versichert, er sei beim Erdbeben umgekommen.«

»Wer?«

»Ein Mann und eine Frau.«

»Ihr Name?«

Er zögerte.

»Ihr Name!«, bellte der Inspektor.

»Franck Philostène und seine Frau. Deswegen war ich der Meinung, dass der Verkauf regulär ist, Herr Inspektor.«

»Der Verkauf! Sie haben die Bilder also?«

»Nicht alle. Sie hatten nur drei Werke mitgebracht. Die Banken sind geschlossen. Soviel, wie sie verlangt haben, hatte ich nicht in bar da.«

»Scheiße!«, fluchte der Inspektor.

Sein Instinkt hatte ihn nicht getrogen. Hätte er auch nur ein wenig jenen haitianischen Hang zur Leichtgläubigkeit, gemischt mit einem an Schwachsinn grenzenden Mystizismus, geteilt, wäre er auf den Betrug hereingefallen. Aber der Versuch war intelligent eingefädelt. Das Erdbeben konnte alles verdecken. Und es würde sicher eine Menge Dinge verbergen. Es würde auch einen perfekten Vorwand abgeben, um unter dem Deckmantel der humanitären Hilfe wahre Vermögen einzusammeln. Die Geschädigten, das haitianische Volk, würden ein paar Brosamen abbekommen, aber nichts, was an seiner Lage etwas ändern konnte.

»Was ist mit den anderen Gemälden?«, fragte er.

»In ihrem Besitz. Sie sollen sie mir in drei Tagen bringen. Bis ich das Geld aufgetrieben habe. Jacques Philostène ist teuer, aber ich kaufe für die Hälfte des Wertes.«

Er sah Azémar mit gespielter Bestürzung an.

»Sie müssen verstehen, Herr Inspektor. Er ist der Bruder von Jacques Philostène. Er hat mir versichert, der Maler sei beim Erdbeben umgekommen. Ich habe nichts verbrochen.«

Dieuswalwe Azémar steckte seine Waffe wieder weg. Ein weiteres Mal entkam ihm der Betrüger. Rechtlich konnte man ihm nichts anhaben, es sei denn, er wäre an dem Mord beteiligt gewesen. Das glaubte der Inspektor jedoch nicht. Ein solches Risiko würde Bandrel niemals eingehen.

»Was wollen Sie jetzt tun?«, fragte Bandrel.

»Die Gemälde! Geben Sie sie mir.«

»Aber ... Ich habe schon bezahlt.«

»Übergeben Sie sie mir!«, brüllte der Inspektor. »Das sind Beweisstücke, Motive für einen Mord. Zeugen sind bereit zu beschwören, dass sie Jacques Philostène entgegen den Angaben seines Bruders bis zum frühen Morgen gesehen haben.«

Bandrel ging mit betrübter Miene zu einem großen Wandschrank, entnahm ihm vorsichtig drei kleine Bilder und legte sie mit femininer Behutsamkeit vor dem Inspektor auf den Schreibtisch. Der Inspektor erkannte sofort die besondere Handschrift von Jacques Philostène: seine eigentümliche Behandlung der Schatten, seine Faszination für die Dunkelheit. Der Maler schuf immer an der Grenze zwischen Tag und Nacht, zwischen Licht und Finsternis.

»Sie wollten einen Zombie aus ihm machen«, beklagte der Polizist. »Das wollen sie alle ... Uns in Zombies verwandeln.«

»Er war überzeugt, dass die Dunkelheit der Lebenssaft unseres Inselviertels ist«, sagte Bandrel. »Die Fragen, die er sich ständig stellte, waren: ›Warum mit Farben malen?‹ ›Wie malt man die Finsternis?‹«

Zum ersten Mal ließ Bandrel in seiner Gegenwart eine Bemerkung fallen, die ein Interesse und ein Verständnis für die Arbeit eines Künstlers verriet.

»Ich bin kein Betrüger, wie Sie glauben«, sagte Bandrel, als er die Überraschung des Inspektors bemerkte. »Ich bin auch Kunstliebhaber. In meiner Jugend war ich Kritiker.«

Da der Inspektor, vertieft in einen schmerzlichen Gedanken, keine Regung zeigte, fragte Bandrel ihn: »Was wollen Sie jetzt machen?«

»Franck und Rose-Marie Philostène zwingen, sich zu entlarven ... Hätten Sie alle Bilder genommen, wenn Sie genug Bargeld gehabt hätten?«

»Versetzen Sie sich in meine Lage, Herr Inspektor«, sagte Bandrel fast stöhnend. »Von meiner Seite ist alles legal. Ich konnte das nicht wissen.«

»Machen Sie vor mir nicht so ein Gesicht, Bandrel. Ich weiß, dass Sie ein Gauner sind.«

Er senkte den Kopf wie ein zerknirschter Hund.

»Sie werden jetzt ein einziges Mal einem Künstler Gerechtigkeit widerfahren lassen. Kontaktieren sie Franck Philostène noch in dieser Stunde. Wenn Sie ihn per Telefon nicht erreichen, dann gehen Sie zu ihm. Sagen Sie ihm, ein durchreisender Sammler will ihm alles abkaufen.«

»Er wird nach einem Namen fragen«, protestierte Bandrel.

»Sie werden Ihnen vertrauen. Sie brauchen Geld, und sie müssen die Bilder so schnell wie möglich loswerden. Sagen Sie ihnen, es handelt sich um einen amerikanischen Sammler, der bald das Land verlässt. Er heißt, sagen wir, Milton. Geben Sie ihnen diese Telefonnummer. Sie funktioniert.«

Er kritzelte die Nummer für Bandrel auf ein Papier, das er von einem Notizblock auf dem Schreibtisch abgerissen hatte, und reichte es ihm. Die Nummer wurde von der Polizei für bestimmte Spezialeinsätze verwendet.

»Beeilen Sie sich.«

Er nahm die Gemälde.

»Ich bin nie hier gewesen, und Sie haben mich nie gesehen. Machen Sie das auch Ihrer Angestellten klar.«

Bandrel lächelte gezwungen.

»Ich wünschte sehr, ich hätte Sie nie gesehen, Herr Inspektor.«

»Wenn Sie sie nicht anrufen oder ihnen irgendeinen Hinweis geben, dann befördere ich Sie in eine Gefängniszelle. Das ist dann eine Sache zwischen Ihnen und mir. Ich brauche Ihnen ja wohl nicht zu sagen, dass bei uns die Polizei immer recht hat.«

Er ging und schlug die Tür zu.

Der erste Motorradfahrer, dem er Zeichen machte, anzuhalten, erkannte ihn, denn er gab Gas und bog an einer Kreuzung in letzter Minute ab, wobei er fast gegen einen von Unrat überquellenden Müllwagen gekracht wäre. Der zweite ging in die Falle. Azémar hielt ihm seine Marke unter die Nase und befahl, ihn zu der Kirche zu fahren, die der Bruder von Jacques Philostène regelmäßig besuchte. Der Motorradfahrer teilte ihm mit, was er schon wusste: Die Kirche war wie so viele andere eingestürzt, als gerade eine Zeremonie der charismatischen Bewegung stattfand. Zahlreiche Gläubige waren unter den Trümmern des Gewölbes gestorben, das dem ersten Erdstoß nicht standgehalten hatte. Gott war nicht zur Stelle gewesen. Von der Kirche war nur ein großes Kreuz aus Beton übrig, an das eine Jesusstatue genagelt war. Er weigerte sich wie üblich zu zahlen. Der Motorradfahrer entfernte sich vorsichtshalber und murmelte dabei Beschimpfungen vor sich hin, die der Polizist nicht hörte.

Inspektor Azémar folgte der Straße, die an der zerstörten Kirche entlangführte. Auf der anderen Seite hatte das Erdbeben ein Beerdigungsinstitut, eine Schule und ein Pensionat zertrümmert. Hinter der Kirche war ein Teil des Pfarrhauses stehengeblieben. Mehrere Gläubige waren an Fahrzeugen mit dominikanischen Kennzeichen, beladen mit Kleidung, Medikamenten und Lebensmitteln, zugange. Er fragte jemanden, ob er den Leiter des Chores, Franck Philostène, sprechen könnte. Man antwortete ihm, er sei in einem Zelt hinter dem Pfarrhaus, wo ein Pfarrer die Gläubigen empfange, die die Beichte ablegen wollten. Er folgte dem Hinweis zu einem improvisierten Gottesdienstraum, in dem ein Dutzend Gläubige still auf den Knien betete. In einer dunklen Ecke stand ein Beichtstuhl, den man aus der Kirche gerettet hatte. Der Inspektor erkannte darin Franck Philostène, der den Kopf zu der Öffnung geneigt hielt, durch die der Priester hörte und sprach. Azémar setzte sich auf eine Bank. Von dort aus konnte er Franck Philostène gut beobachten. Dieser hatte abgenommen. Mit seinem gequälten Gesichtsausdruck, den tief in den Höhlen liegenden Augen und den wenigen Haarsträhnen auf dem sonst kahlen Schädel sah er eher wie ein Totengräber aus als wie ein ehrwürdiges Mitglied einer Gemeindeversammlung, das obendrein einen der besten Kirchenchöre der Stadt leitete. Was beichtete Franck Philostène dem Priester wohl? In der Gewissheit, dass sie zur Strafe nur eine Predigt des Beichtvaters über sich ergehen lassen und einige Gebete aufsagen mussten, öffneten sich die Leute den Priestern und gestanden ihnen möglicherweise ihre tadelnswertesten Missetaten. Ihm, dem Polizisten, verheimlichte man alles, weil es seine Aufgabe war, die Schuldigen herauszufinden, damit sie hier auf Erden für ihre Verbrechen zahlten. Die Ineffizienz des Justizsystems zwang ihn oft zu rücksichtslosem Durchgreifen. Er glaubte, auf diese Weise eine Gesellschaft zu schützen, die auf sich allein gestellt den grausamsten einheimischen und ausländischen Raubtieren ausgeliefert war.

Eine Frau betrat das Zelt. Der Inspektor erkannte Rose-Marie, die Frau von Franck Philostène. Den Umständen zum Trotz war sie gut angezogen. Fast schon aufdringlich geschminkt. Sie hielt ostentativ die Schlüssel eines Autos in der Hand. Hochgewachsen, auf dem Kopf eine schulterlange Perücke. Dem Inspektor fiel die neureiche Aura auf, die sie ausstrahlte. Geht das Ehepaar gemeinsam zur Beichte?, fragte er sich. Er war sicher, dass die Ankunft seiner Frau Franck Philostène durcheinandergebracht hatte. Dieser schaute in ihre Richtung, bevor er erneut seine ganze Aufmerksamkeit dem Priester zuwandte. Er schien dessen Worten zuzustimmen. Dann machte er ein Kreuzzeichen und stand mit gesenktem Kopf auf. Aber anstatt sich an einen ruhigen Ort zu begeben und die Gebete zu verrichten, die ihm als Buße aufgetragen worden waren, ging er mit dem allermutlosesten Ausdruck auf Rose-Marie zu. Sie flüsterte ihm etwas ins Ohr. Ein gezwungenes Lächeln verkrampfte sein Gesicht. Als er den Kopf hob, erstarrte er. Er hatte Inspektor Azémar entdeckt. Seine Frau folgte dem Blick ihres Mannes und bemerkte den Polizisten ebenfalls. Sie stand auf und sagte ein Wort zu ihrem Ehemann, der sich in eine andere Bank kniete, um seine Buße auszuführen. Sie setzte sich in sehr würdiger Haltung neben den Inspektor.

»Sie kommen wieder in die Kirche, Inspektor Azémar«, sagte sie, »dazu möchte ich Sie beglückwünschen. Das Erdbeben ist eine gute Gelegenheit, auf den Weg des Heils zurückzukehren.«

»Ich finde die Geschichte von Philostène so seltsam, dass ich nicht umhin konnte, den Himmel um Rat zu fragen.«

Sie bekreuzigte sich.

»Mir läuft es kalt den Rücken herunter, Inspektor. Die arme Marie-Marthe! Einen Toten bei sich zu Hause zu empfangen, in einer solchen Nacht, die ohnehin schon so erschütternd ist! Davon wird sie sich nie wieder erholen.«

»Glauben Sie, dass dieses Land es sich leisten kann, einen so talentierten Künstler zu verlieren?«

»Ein Erdbeben ist blind«, gab Rose-Marie Philostène zu bedenken.

»Diese Geschichte von einem Toten ist kaum glaubhaft ... So etwas kann nur hier passieren.«

»Sie haben recht, Inspektor. Jacques Philostène ist in der Nacht zurückgekehrt, um den Menschen, die er liebte, Lebewohl zu sagen. Er war vielleicht ein Heiliger. Gott allein weiß, wer heilig ist.«

»Ich würde eher sagen, dass nur bei uns ein solcher Unsinn geglaubt wird.«

Sie sah ihn empört an.

»Deswegen wollten Sie die Leiche obduzieren lassen? Ich verstehe das wirklich nicht.«

Sie stand mit wütendem Blick auf.

»Sie sind verrückt. Sie gehören nicht in die Polizei.«

Sie hatte die Stimme erhoben. Betende Gläubige drehten sich zu ihnen um, um Ruhe zu verlangen. Sie machte auf dem Absatz kehrt und ging zum Ausgang. Franck Philostène kürzte seine Buße ab und stürzte seiner Frau hinterher.

»Wer sich davon nicht erholen wird, das bist du«, dachte der Inspektor voll Verblüffung und Bewunderung angesichts der Kühnheit der jungen Frau.

*

Auf seinem Telefon waren zwei unbeantwortete Anrufe. Es war Kommissar Solon. Er rief zurück. Niemand nahm ab. Unter Bauchkrämpfen prüfte er nach, ob er einen Anruf des Arztes aus dem Hospital Sainte-Justine verpasst hatte, mit dem ihm dieser das Erwachen Moricènes ankündigte. Da war nichts. Keine Nachricht. Einstweilen konnte er davon ausgehen, dass er außer Gefahr war.

Er ging zu Madame Baptiste, um seinen *tranpe*-Vorrat aufzufüllen. Sie hatte schon am Nachmittag des Tages nach dem Erdbeben ihre Tätigkeit wieder aufgenommen. Ihre Kunden hatten, soweit sie nicht umgekommen waren, schon am Vormittag ihr Geschäft belagert, einen nur wenige Quadratmeter großen Raum aus unverputzten Blöcken und einem Blechdach. Gegenüber von ihrem Laden lagen eine Schule, in der angeblich Journalismus gelehrt wurde, ein Handyladen und ein Stundenhotel, in dem Tag und Nacht Betrieb herrschte, in Trümmern. Nach der Ungeduld von Madame Baptistes Kunden zu urteilen, die fieberhaft auf den Augenblick warteten, in dem sie ihre Türen öffnete und ihr *kleren* erneut floss, musste ihr Getränk verborgene Kräfte besitzen. Der Alkohol konnte jedoch der allgemeinen Bestürzung nichts anhaben. Je mehr Stunden vergingen, desto mehr wurde man sich des Ausmaßes der Schäden bewusst. Jede Stunde erfuhr man den Tod eines Angehörigen, eines Freundes oder Verwandten. Das Schlimmste waren die vermissten Personen. Nicht mehr zu wissen, was aus jemandem geworden war. War er tot? Befand er sich lebend unter den Trümmern oder an einem mehr oder minder sicheren Ort? Vielleicht konnte er keinen Kontakt aufnehmen und sich nicht fortbewegen, denn die Infrastruktur war schwer getroffen ... Es gab endlose Diskussionen darüber, wie lange ein Mensch unter den Trümmern überleben konnte. Ein notorischer Trunkenbold, Beamter im Innenministerium, der dem Zusammensturz des Ministeriums knapp entkommen war, erzählte mit seiner Tenorstimme von einem Mexikaner, der bis zu seiner Rettung über eine Woche unter den Trümmern gelegen habe. Ein anderer Trunkenbold, seines Zeichens Anwalt, erzählte zum zigsten Mal, wie er dem Einsturz des Justizpalastes entronnen war. Alle überzeugten sich, indem sie redeten, davon, dass sie noch am Leben waren. Es war Donnerstagvormittag. Keine Ansprache des Staatsoberhauptes an die Nation. Keine Spur von Hilfe in Sicht. Vor dem Geruch der verwesenden Leichen war nun kein Entkommen mehr. Die Kunden in Madame Baptistes Laden versuchten die Seuchengefahr nach einer Katastrophe solchen Ausmaßes einzuschätzen. Inspektor Dieuswalwe Azémar wurde der Form halber um seine Meinung gefragt, zog es jedoch einmal mehr vor, seinen *soro* schweigend zu verkosten. Vor dem Erdbeben hätte er bei zwei oder drei Gelegenheiten gern einmal das Wort ergriffen, um die *soro*-Liebhaber zu fragen, ob das Getränk ihrem Gedächtnis Streiche spielte. Er hatte sich jedoch rechtzeitig zurückgehalten, denn Madame Baptiste wäre imstande gewesen, diese Frage als Beleidigung aufzufassen. Die Qualität ihres *soro*, des besten der Stadt, in Zweifel zu ziehen! Was für eine Niedertracht! Der Inspektor hatte einige Großverbraucher diskret außerhalb des Ladens befragen müssen. Einige hatten angegeben, dass sie den *kleren*, auch wenn sein Geschmack sich nicht geändert hatte – er war im Gegenteil noch köstlicher geworden –, ab einer gewissen Dosis nicht mehr ganz so gut vertrugen. Gedächtnisschwund, Migräne, Übelkeit, Durchfall. Da keiner von ihnen sich von seiner Abhängigkeit befreien konnte, machten sie weiter wie bisher – wie Soldaten, die zum Sturm auf eine Stellung antraten, obwohl sie wussten, dass sie dem mörderischen MG-Feuer nicht entkommen würden.

Der Inspektor kehrte zur Wache zurück. Zu Fuß dauerte das dreißig Minuten. Er durchquerte den Nebel eines vom Erdbeben aufgerissenen Viertels, in dem die Leute mehrere Leichen aus den Trümmern geborgen hatten. Ein Mann mit Dreadlocks bot Softdrinks aus einer Kiste an, die er auf einem Rollstuhl hinter sich herzog. Unter Planen kochten Frauen Essen, um es zu verkaufen. Port-au-Prince lebte trotz der Verwüstung weiter.

Dieuswalwe Azémar sah Kommissar Solon immer noch nicht. Er fragte nach, ob er während seiner Abwesenheit auf der Wache erschienen war, und bekam zur Antwort, man habe seit dem Vormittag nichts mehr von ihm gehört. Niemand war darüber beunruhigt. Der Kommissar war vielleicht in einer Sitzung mit dem Führungsstab der Police Nationale oder er war von der herrschenden Partei vorgeladen worden, die Solon, wie der Inspektor wusste, mehr aus Notwendigkeit für seine Karriere unterstützte als aufgrund irgendeiner Affinität mit diesen Politikern, die die Tradition der kleptokratischen Komödiantenregierungen fortsetzten.

Der Inspektor bekam noch das Ende einer Sitzung mit, in der es um die Sicherung der noch übrigen Geschäfte der Innenstadt ging, welche nachts den Plünderern ausgeliefert waren. Die Zusammenkunft war eine reine Formalität. Die Polizei war nicht imstande, irgendetwas zu unternehmen. Eine Reihe von Beamten war bei dem Erdbeben umgekommen. Andere suchten unter den Trümmern nach den Leichen von Verwandten und Angehörigen. Die verbleibenden Kräfte wurden zum Schutz gefährdeter Orte eingesetzt. Auf die Truppen der Vereinten Nationen konnte man vor Ort nicht zählen. Ihrem Oberkommando war der Kopf abgeschlagen. Einstweilen herrschte das reine Chaos. Ein Chaos, das die Grenze zur Gewalt nicht überschritt, weil die Menschen gerade von ihren Überlebensreflexen auf die neue Realität eingestellt wurden.

Der Inspektor ging den menschenleeren Flur entlang, der zu seinem Büro führte, ohne sich um die Risse in den Wänden zu kümmern, die er im Halbdunkel ahnte. Er ließ sich erleichtert im Büro nieder; das Risiko, das er dabei einging, zog er der heuchlerischen Gesellschaft seiner Kollegen vor. Er öffnete die Fenster. Der Strom war in der ganzen Stadt abgeschaltet. Ein Schwall pestilenzartiger Luft schlug ihm ins Gesicht. Er musste sich zurückhalten, um das Fenster nicht wieder zu schließen. Das würde nicht verhindern, dass der Gestank überall den Platz einnahm, der ihm an diesem zweiten Tag nach dem Erdbeben zustand. In einigen Sekunden hatte die Stadt ihre senilen, verdorbenen, verfaulten Symbole eingebüßt. Der Nationalpalast war nur noch eine Ruine. Die Generaldirektion der Steuern war ebenso eingestürzt wie der Justizpalast. Die Slums von Fort-National, die jeder Präsident der Republik vor Augen hatte, wirkten stellenweise wie abgemäht vom Erdbeben. Das Gebäude des Grandhotel Castel-Haïti und das Kreuz von Deprez auf den die Stadt überragenden Hügeln waren verschwunden. Der metallisch blaue, wolkenlose Himmel war näher an die Erde herangerückt wie eine Kuppel, die die Not der Stadt vom Rest der Welt isolieren sollte. Die Geräusche der zahlreichen Tätigkeiten der Stadt waren leiser geworden und einem gurgelnden Durcheinander von Stimmen, Weinen, Gesängen und Schreien gewichen. Der große Platz am Nationalpalast war von Tausenden Geschädigten in Besitz genommen worden, die dort im Handumdrehen eine Stadt aus Leinwand, Pappe und Blech errichtet hatten. Die Kleinhändler folgten mit Auslagen, Kesseln usw. Ein Desaster!, dachte der Inspektor niedergeschlagen, während er sich in seinen Sessel vor dem Schreibtisch fallen ließ.

Er war umso konsternierter, als er seine Machtlosigkeit erkannte. Was hätte er tun können? Weiter den Bürgern dabei helfen, Überlebende aus den Trümmern zu befreien? Er hatte seinen Beitrag in der Nacht geleistet, als es ihm gelungen war, sein Trauma zu überwinden, ihm, der in einer mehr als eigentümlichen Lage dem Tod knapp entkommen war. Außerdem hatte er es noch mit einer anderen Katastrophe zu tun, einer rein persönlichen diesmal.

Das Telefon klingelte. Auf dem Display erschien eine der Nummern, die dem Präsidium für besondere Operationen zugeteilt worden waren.

»Hallo«, sagte er im Abnehmen.

»Monsieur Milton?«

Er erkannte die Stimme. Die von Franck Philostène.

»Das bin ich«, antwortete der Inspektor und imitierte dabei den Akzent eines Amerikaners, der sich nur mühsam auf Französisch ausdrückt.

»Monsieur Bandrel hat uns Ihre Nummer gegeben. Wir haben was von Jacques Philostène anzubieten.«

»*Wonderful!*«, rief er aus. »Ich bin ein Fan von den Bildern von Jacques Philostène ... Ich kaufe alles, was sie haben, wenn Sie mir einen guten Preis machen.«

»Das sind elf Bilder, Monsieur Milton.«

»Kein Problem ... Ich kann nur nicht aus dem Haus, weil ich am Bein verletzt bin. Können Sie kommen?«

»Wo wohnen Sie?«

Er gab eine Adresse an. Einen recht einsam gelegenen Ort. Ideal für einen Hinterhalt.

»Heute Nachmittag um drei Uhr? Morgen muss ich in die Dominikanische Republik fahren.«

»Zahlen Sie in bar?«, erkundigte sich Franck Philostène.

»*Of course.*«

Er hörte einen erleichterten Seufzer am anderen Ende der Leitung.

»Wir werden uns schon einig werden, Monsieur Milton ... Bis drei Uhr also.«

Franck Philostène legte auf. Er würde mit seiner Frau kommen. Sie musste die wichtigen Entscheidungen im Haus treffen. Der Inspektor versuchte, die Geschichte zurückzuverfolgen. Franck Philostène hatte Geldsorgen. Wie viele Ehemänner in Haiti ist er die Maschine, die arbeiten muss, um Geld nach Hause zu bringen. Unter dem Druck seiner Frau ist er bereit, sich Geld bei der Bank zu leihen. Das Paar lebt über seine Verhältnisse. Madame fährt ein Auto, das etwa dreißigtausend Dollar wert ist. Franck Philostène bittet seinen Bruder um ein Darlehen. Jacques Philostène lehnt ab, denn er hat kaum eine Vorstellung von Rose-Maries Einfluss auf seinen Bruder. Franck Philostène und seine Frau wissen, dass der Maler in seinem Atelier fünfzehn Bilder aufbewahrt, jedes an die 5000 Dollar wert. Jacques Philostène trinkt viel, er ist ein launenhafter Maler, dem Geld nicht besonders viel bedeutet und der nur an leidenschaftliche Liebhaber der Malerei verkaufen will. Dann kommt das Erdbeben. Jacques Philostènes Haus stürzt ein aber nicht das Atelier. Der Künstler lebt und steht unter Schock. Enttäuscht, dass er nicht tot ist, schmiedet das Ehepaar einen machiavellischen Plan: Dafür sorgen, dass möglichst wenige Menschen den Maler zu Gesicht bekommen, und seinen Tod so organisieren, dass das Erdbeben dafür verantwortlich ist. In der Nacht entkommt Jacques ihnen, weil er um jeden Preis in den Armen seiner Geliebten liegen will. Er kehrt am frühen Morgen zurück, um seinen Bruder abzulösen, der wegen der Gefahr von Plünderungen die Bilder bewachen wollte. Man attackiert ihn. Franck oder Rose-Marie? Man schleppt ihn ohnmächtig oder tot unter die Mauer, und die Sache ist erledigt. Dem Inspektor kam der Brechreiz. Während Tausende von Menschen versuchten, Überlebende aus den Trümmern zu retten, töteten Franck Philostène und seine Frau einen namhaften Künstler, ließen ihn von einer Mauer zerquetschen. Aber war er ohne Fehl, er, Dieuswalwe Azémar mit den zwei W im Vornamen, der sich bei einem Hexer ein Gift besorgt hatte? »Ich habe meine Absicht nicht zu Ende geführt. Es war eine Anwandlung von Irrsinn«, versuchte er sich zu rechtfertigen. »Ich bin bereit, die Folgen meiner Handlungen zu tragen.« Er war sich seiner Worte nicht allzu sicher. Die Phiole war immer noch in seiner Tasche. Der Gedanke, ins Krankenhaus zurückzukehren, trieb ihn noch immer um. Sich die Verachtung seines einzigen Freundes zuziehen, des einen Menschen, der ihm immer geholfen und ihn beschützt hatte, ohne eine Gegenleistung zu verlangen, das wollte er nicht.

*

Er war mit dem Kopf auf dem Schreibtisch für einige Minuten eingeschlafen. Das passierte ihm manchmal, wenn er unter starker nervlicher Anspannung stand. Seine Machtlosigkeit in dieser vom Erdbeben schwer getroffenen Stadt, die Aussicht auf ein Erwachen Moricènes, sein Zorn angesichts des vertuschten Mordes an Jacques Philostène, begangen vom eigenen Bruder des Malers und dessen Frau, sein Besuch bei einem Magier mit der Absicht, selbst einen Mord zu begehen, all das bohrte in ihm. Das Gesicht von Madame Solon, die in dem Hotelzimmer auf ihm gestorben war, tauchte alles in blendendes Licht, während eine Frage in seinem Kopf unablässig wiederkehrte: Was hatte sie ihm über ihren Mann gesagt? Der *soro* hielt weiterhin einen Teil seines Gedächtnisses eingemauert. Obwohl er in seinen Erinnerungen keine Spur von seinem Gespräch mit Aldrine Solon fand, wurde er das obskure Gefühl nicht los, dass die Zeit drängte.

Er kam mit benebeltem Kopf und schwerer Zunge wieder zu sich. Ein weiteres Mal drohte eine Migräne. Er schluckte eilig zwei Aspirintabletten, die er in einer Schreibtischschublade fand, und sah auf die Uhr. Zwei Uhr. Er konnte gerade noch rechtzeitig zu der Verabredung eines gewissen Milton mit Franck Philostène und seiner Frau kommen. Er musste sich bei Madame Baptiste seine automatische Pistole wiederholen, die Waffe, die er benutzte, wenn er nicht im Dienst war, und die nirgendwo registriert war, ein Geschenk von Kommissar Solon. Je länger er nachdachte, desto mehr sagte er sich, dass der Mord an Jacques Philostène etwas Krankes hatte, ja, dass er ein Vorzeichen für die Dramen der kommenden Monate war.

Auch diesmal brachte er, bevor er aufbrach, Markierungen an, mit denen er feststellen konnte, ob jemand sein Büro betreten hatte. Er wagte, während er durch klebrige Stille hindurch den langen menschenleeren Flur entlangging, nicht zu überprüfen, ob ein Schrei von den Wänden als Echo zurückgeworfen würde. Zu groß war die Angst, eine präzise Erschütterung durch Schall könnte auf die Risse im Gebäude einwirken und es zum Einsturz bringen. Er überquerte den Hof, ohne auf die Aufregung unter seinen Kollegen zu achten, zündete eine Zigarette an und stand auch schon auf der Straße, wo er im Gehen nach einem Motorradtaxi Ausschau hielt und dabei hoffte, der Fahrer möge den Bullen mit dem nervösen Abzugsfinger, den Alkoholiker, der seine Fahrten nie bezahlte, nicht erkennen. Den jungen Mann mit den Dreadlocks, der auf ihn zukam, bemerkte er erst, als er den kalten Lauf einer automatischen Pistole im Nacken spürte.

»Keine Bewegung, Inspektor.«

Ein Mitsubishi-Geländewagen mit verdunkelten Scheiben hielt mit quietschenden Reifen auf ihrer Höhe. Eine hintere Tür ging auf, und der Inspektor wurde gewaltsam hineingestoßen. Er hatte keine Chance gehabt zu reagieren. Rechts und links von ihm saß je ein bewaffneter Mann. Beide trugen Dreadlocks. Der Mann auf dem Vordersitz war in Anzug und Krawatte. Er sah aus wie ein Politiker. Azémar erinnerte sich, ihn schon einmal gesehen zu haben. Das Gesicht war ihm nicht unbekannt. Der Mann ergriff das Wort.

»Entschuldigen Sie, Inspektor, aber wir haben ein schwerwiegendes Problem zu lösen.«

»Hat es mit dem Erdbeben zu tun?«, fragte der Inspektor ironisch.

Einer der Rastas auf dem Rücksitz stieß ihm seine Waffe heftig in die Rippen. Der Polizist verzog das Gesicht vor Schmerz.

»Versuchen Sie nicht, uns hereinzulegen, Inspektor. Wir suchen Kommissar Solon. Wissen Sie, wo er ist?«

»Das frage ich mich seit heute Vormittag auch«, antwortete Azémar.

»Wir wissen, dass Sie sein Vertrauter sind. Also verlieren wir keine Zeit.«

Der Mitsubishi bog an einer Kreuzung in den Boulevard du bord de mer, Richtung Cité Soleil ein. Der Slum war die Hochburg der von den Machthabern verhätschelten Banden.

»Ich habe gestern mit ihm über eine Untersuchung gesprochen ... Seitdem habe ich nichts mehr von ihm gehört.«

»Er ist nicht zu Hause. Wir wissen, dass seine Frau unter sehr ... speziellen Umständen gestorben ist.«

Die beiden Männer neben dem Inspektor lachten laut auf.

»Was wollen Sie von ihm?«, fragte Azémar.

Hatte es mit der Sache zu tun, über die er mit Aldrine Solon gesprochen hatte und die er wegen des *soro* vollkommen vergessen hatte? Noch immer war sein Gedächtnis vollständig dunkel. Er erinnerte sich an den Mann, der den Kommissar durch den Zaun hindurch bedroht hatte. Der Mann im Anzug befahl dem Fahrer, an der nächsten Kreuzung anzuhalten. Dieser musste einen riesigen Trümmerhaufen umfahren, in dem der Inspektor bestürzt die Ruinen einer Erziehungseinrichtung für behinderte Kinder erkannte.

»Sie werden uns einen Gefallen tun, Inspektor«, sagte der Mann im Anzug. »Sagen Sie dem Kommissar, dass wir die Sache beilegen können. Nach diesem Erdbeben muss doch ein Neuanfang möglich sein.«

Die beiden Rastas kicherten.

»Sagen Sie ihm, dass er nicht so auf der Hut zu sein braucht. Wir können unsere Differenzen einvernehmlich lösen. Wir sind entschlossen, das Handtuch zu werfen.«

Er sprach mit honigsüßer Stimme. Der Stimme einer Schlange, wie sie sich ein schlechter Drehbuchautor für einen Disney-Zeichentrickfilm ausgedacht hätte. Er gab den beiden Rastas ein Zeichen.

»Lassen Sie den Inspektor aussteigen.«

Er reichte dem Polizisten eine Visitenkarte.

»Rufen Sie mich an, wenn Sie Nachricht vom Kommissar haben, Inspektor. Sie werden bald einen anderen Beschützer brauchen.«

Einer der beiden Rastas öffnete die Tür und stieg aus, um den Weg für Azémar freizugeben. Der Inspektor stieg seinerseits aus, und der Mitsubishi fuhr in einer Staubwolke wieder los. Der Inspektor hustete und entfernte sich mit angehaltenem Atem. Mit den verwesenden

Leichen unter den Trümmern bestand die Gefahr, Krankheitserreger einzuatmen. Etwas weiter betrachtete er die Karte, die er noch in der Hand hielt. »André Frère-Louis«, las er, »Berater im Kabinett des Präsidenten der Republik«. Dem Inspektor fiel wieder ein, wo er das Gesicht schon einmal gesehen hatte: bei einem Empfang anlässlich der Hochzeit eines jungen Polizisten von der Wache, der mit Kommissar Solon verwandt war. Ein weiteres Mal war er dem Politiker begegnet, als der gerade aus dem Büro des Kommissars kam. Er zerriss die Visitenkarte. Ein Motorradtaxi kam vorbei. Er machte ihm ein Zeichen. Der Fahrer erkannte ihn nicht und hielt an.

Der schlecht angebrachte Auspuff des Geländewagens, der zwischen zwei Zuckerrohrfeldern hindurchfuhr, stieß einen Nebel aus dunklem Staub aus. Er musste jeden Versuch, sie zu beschatten, vereiteln, dachte Franck Philostène auf dem Weg zu der Verabredung mit dem Kunstliebhaber, den Bandrel ihnen empfohlen hatte. Seine Frau fuhr, ihr Gesichtsausdruck war entspannt. Sie hatte eine CD mit alten französischen Chansons eingelegt: Aznavour, Mike Brant, Joe Dassin usw. Die Lieder schienen Franck Philostène mit ihrer altmodischen Romantik nicht zur Persönlichkeit seiner Frau zu passen. Rose-Marie Philostène war kalt, skrupellos und zu allem bereit, um ihre Ziele zu erreichen. Sie hatte es in der Nacht des 12. Januar bewiesen, als sie vorgeschlagen, fast schon befohlen hatte, Jacques Philostène zu ermorden, da sie eine bessere Gelegenheit dazu nicht finden würden. Es stimmte, dass Jacques Philostène seit einigen Monaten nicht mehr malte. Sein Leben beschränkte sich nur noch auf den Alkohol und diese Frau namens Marie-Marthe, mit der er sich regelmäßig traf und in die er heillos verliebt war. Das Schlimmste war, dass er nicht verkaufen wollte, obwohl die Preise seiner Bilder ihren Höchststand erreicht hatten. Die unverständliche Laune eines Künstlers, gepaart mit Verachtung für die Sammler, die in seinen Augen Parasiten ohne Achtung vor der Kunst waren, Parasiten, die sich in mondänen Spielen gefielen, bei denen der Besitz eines Werks nur dazu diente, seinen Reichtum und seine Macht zu zeigen. Franck Philostène, der seit Jahren als Agent seines Bruders fungierte, war darüber tief betrübt. Für die zahlreichen Ansprüche seiner Frau, die in die schöne Gesellschaft der Höhenstadtteile von Port-au-Prince aufgenommen werden wollte, hatte er sich beträchtlich verschuldet. Er hatte seinen Bruder um ein Darlehen gebeten, aber der hatte abgelehnt und ihn daran erinnert, dass er ihn schon früher vor der Habgier seiner Frau gewarnt hatte. Franck Philostène und seine Frau hatten einige Blocks von Jacques Philostènes Haus entfernt im Auto gesessen, als die Erde heftig gebebt hatte. Sie hatten die Zerstörung gesehen und waren sofort zu Jacques geeilt. Sein Haus war eine Ruine. Der Maler war jedoch zum Zeitpunkt des Erdbebens in seinem Atelier gewesen. Er stand unter Schock, redete Unverständliches und rief gleichzeitig Gott und die *lwa* zu Hilfe. Was jedoch Franck und vor allem seine Frau interessierte, das waren die Bilder im Atelier, die über 50 000 Dollar wert sein mussten.

»Wäre er in seinem Haus gestorben, würde jetzt alles uns gehören«, hatte Franck Philostène gejammert.

Er hatte seine Worte sofort bereut und sich bekreuzigt. Sein Bruder hatte recht. Seit Monaten driftete er ab. Seine Frau hielt die Zügel seines Lebens allein in der Hand. Es gelang ihm nicht, sich ihr zu widersetzen. Er war emotional, sexuell und intellektuell vollkommen abhängig von ihr geworden.

»Schau dir deinen Bruder doch an, Franck ... Er ist nur noch ein Wrack. Er trinkt. Er malt nicht mehr. Wir müssen die Gelegenheit ausnutzen.«

»Wie?«, hatte Franck Philostène gefragt, der eine böse Vorahnung hatte.

Seine Frau hatte nur ein paar Sekunden überlegt.

»Wenn wir ihn töten und dann unter die Trümmer legen, wird niemandem etwas auffallen.«

»Du bist ja verrückt!«, hatte Franck Philostène ausgerufen.

»Du weißt genau, dass ich nicht verrückt bin. Wenn du dich nicht ein bisschen anstrengst, dann haben wir die Bank am Hals. Du weißt, was das bedeutet!«

Franck Philostène spürte, wie sich der Boden unter ihm auftat, was bei den unablässigen Nachbeben ein unangenehmes Gefühl war. Die Aussicht, das Haus zu verlieren, das er gerade baute, schreckte ihn nicht, aber er wusste, dass seine Frau ihn in diesem Fall verlassen würde. Sie war noch schön und anziehend. Die Männer mussten ihr eifrig den Hof machen. Er wiederum fand sich hässlich. Er hatte einmal gehört, wie jemand ihn einen langweiligen Betbruder genannt hatte. Sein Leben beschränkte sich in der Tat auf seine Aktivitäten für die Pfarrgemeinde und auf den Verkauf der Bilder seines Bruders, wenn dieser wirklich einmal verkaufen wollte. Er war keine schöne Erscheinung. Er sagte sich oft, dass bei einem so engen Kontakt mit dem Göttlichen seinem Äußeren Gnade widerfahren müsste, aber er ähnelte im Gegenteil hartnäckig einem Totengräber. Im Bett, das wusste er, war er leistungsfähig, die Natur hatte ihn gut bedacht. Aber er ahnte, dass das nicht genügen würde, um seine Frau zu halten.

»Was schlägst du vor?«, hatte er mit belegter Stimme gefragt.

»Du tötest ihn, und wir legen ihn unter die Trümmer.«

»Du bist noch verrückter, als ich dachte«, antwortete er. »Hast du die Trümmer des Hauses gesehen? Um die hochzuheben und meinen Bruder drunterzulegen, bräuchte es jemand, der stärker ist als ich.«

»Dir fehlt es an Grips, Franck«, hatte sie verächtlich geantwortet. »Schau dir das Atelier an. Die Mauer gegenüber der Straßenseite. Ein kleiner Schubs reicht aus, um sie zum Einsturz zu bringen. Wir legen Jacques darunter, und die Sache ist geritzt.«

»Wer wird ihn töten? Du?«

»Ich?«, hatte sie mit schockiertem Ausdruck ausgerufen. »Du bist der Mann.«

Während sie diskutiert hatten, war Jacques Philostène aus seiner Apathie erwacht. Er machte sich Sorgen um Marie-Marthe und wollte unbedingt ausgehen, um sich nach ihr zu erkundigen. Sein Bruder und dessen Frau gaben ihm zu verstehen, dass er das Atelier mit all den wertvollen Gemälden nicht unbewacht zurücklassen konnte. Er war von dem Besuch bei seiner Geliebten jedoch nicht abzubringen gewesen, und die beiden hatten sich noch nicht überlegt, wie sie ihn ohnmächtig oder tot unter die Mauer legen sollten. Schließlich hatten sie ihm angeboten, zu bleiben und die Gemälde zu bewachen, bis er zurückkam. Jacques Philostène war davongestürmt.

»Dein Plan geht nicht auf«, hatte Franck Philostène fast erleichtert gestammelt.

Sie sah ihn an, als hätte sie es mit einem Schwachsinnigen zu tun.

»Jetzt mit dem Erdbeben merkt niemand was. Ob Jacques jetzt stirbt oder im Laufe der Nacht, das macht keinen Unterschied. Die Erde wird noch stundenlang beben.«

Sie hatte recht. Der Boden bewegte sich unter ihren Füßen. Überall wurde Jesus um Hilfe angefleht. Keine Anrufungen der *lwa*, wie Franck Philostène als überzeugter Katholik und glühender Anhänger der charismatischen Bewegung befriedigt feststellte.

»Und außerdem«, gluckste seine Frau, »können wir immer noch behaupten, dass er während des großen Bebens gestorben ist. Die, die ihn gesehen haben, werden glauben, sie wären einem Zombie begegnet.«

Sie fügte etwas hinzu, das ihm die Sprache verschlug:

»Du glaubst nicht, wie dämlich wir in diesem Land sind.«

Er wusste, dass sie eine Schurkin war, aber nicht, dass ihre Niedertracht so weit ging. Im ersten Moment wollte er fliehen, alles fallen lassen. Aber seine Feigheit behielt die Oberhand. Er war schwach. Sein Glaube kam gegen den dämonischen Einfluss seiner Frau nicht an. Sie kramte im Atelier und ging in den Hof hinaus. Weiterhin erschütterten Nachbeben, quittiert von Hilfeschreien, das Viertel. Nun, da die Stunde der Apokalypse geschlagen hatte, sollte er nicht hier mit seiner Frau den Mord an seinem Bruder planen, sondern auf Knien den Herrn um Vergebung anrufen. Der Tag war gekommen. Der Himmel würde aufreißen und die Engel hindurchlassen. Er meinte die Trompeten zu hören, von denen bei Johannes die Rede ist.

»Das da ist genau richtig«, sagte seine Frau, die staubbedeckt mit einer riesigen Eisenstange zurückkehrte. »Damit hat er keine Chance. Du schlägst ihn von hinten auf den Kopf. Es reicht, dass er ohnmächtig wird.«

Sie hatten die ganze Nacht auf die Rückkehr von Jacques Philostène gewartet. Seine Frau hatte kein Auge zugetan. Sie hatte die Bilder ihres Schwagers inventarisiert. »Dafür bekommen wir mindestens 50 000 US-Dollar. Denk doch nur, Franck. Und mach nicht so ein Gesicht. Er hätte beim Einsturz des Hauses sterben können. Und außerdem macht er es bei dem Zustand seiner Leber sowieso nicht mehr lang.« Er hatte gebetet, Jacques möge nicht zurückkommen, aber sein Bruder war schon vor Sonnenaufgang wieder da: Es drängte ihn, sich davon zu überzeugen, dass seine Sammlung noch vollständig war. Er hatte ein erstes Mal versucht zuzuschlagen und gezögert; der Blick den ihm seine Frau daraufhin zugeworfen hatte, war so verächtlich gewesen, dass beim zweiten Mal die Nackenwirbel des Malers unter der Eisenstange knackten und er der Länge nach in den Staub des Ateliers fiel. Sie hatte ihm geholfen, den Körper unter eine Mauer zu schleifen. Trotz der Risse in der Wand war es nicht einfach gewesen, sie zu Fall zu bringen. Sie hatten einen hölzernen Balken aus dem eingestürzten Wohnhaus als Rammbock benutzen müssen und wären wohl nie an ihr Ziel gekommen, wenn es kein Nachbeben gegeben hätte. Die Mauer brach mit schaurigem Krachen in sich zusammen und riss einen Teil des Ateliers mit sich. Die Bilder hatten sie zuvor in Sicherheit gebracht. Seine Frau untersuchte den Ort sorgfältig mit einer Taschenlampe. Ihn wandelte der Gedanke an, einen zweiten Mord zu begehen. Die Eisenstange lag immer noch bereit. In der Sekunde, in der ihm diese Idee kam, fiel ihm jedoch nicht ein, wie er die Leiche loswerden sollte. Er konnte sich nicht vorstellen, Rose-Marie allein unter die Trümmer zu legen wie Jacques, um dem Erdbeben einen weiteren Todesfall anzulasten. Er gab zu, dass diese Nacht die Nacht des Teufels war. Der Böse hatte Besitz von ihm ergriffen. Die Pforten des Paradieses waren ihm verschlossen. Seine Frau hatte ihn auf weit perversere Art in Versuchung geführt, als Eva es im Garten Eden getan hatte.

»Perfekt«, sagte sie mit zufriedenem Ausdruck. »Vergiss nicht, er ist beim Erdbeben gestorben. Die, die ihn gesehen haben, auch Marie-Marthe, haben nur sein Gespenst gesehen.«

Sie schickten sich an zu gehen und die Bilder mitzunehmen. Sie wies ihn zurecht.

»Was bist du doch für ein Dummkopf! Da, nimm die Eisenstange! Wir müssen sie verschwinden lassen. Man kann nie wissen.«

Und mit zufriedener Miene fügte sie hinzu: »ICH lese nicht nur mein Gebetbuch!«

*

Sie standen vor dem Haus, das der Mann namens Milton ihnen am Telefon angegeben hatte. Hinter dem geschlossenen Tor deutete nichts darauf hin, dass jemand anwesend war. Die Schatten zweier Hunde, regelrechter Molosser, zeichneten sich zwischen den Gittern ab.

»Da ist eine Klingel«, bemerkte Rose-Marie Philostène.

Franck Philostène stieg aus dem Wagen und ging zögerlich auf das Tor zu. Er hatte eine schlechte Vorahnung. Sie hätten nach dem Mord an Jacques innehalten, eine Pause machen müssen. Er wusste nicht warum, aber er dachte an diesen Polizisten, Inspektor Azémar, der gekommen war, um sich vom Tod des Malers zu vergewissern. Er kannte Dieuswalwe Azémar. Er war ein Freund seines Bruders und vor allem der ehemalige Liebhaber von Marie-Marthe. Er war wegen der jungen Frau gekommen, welche ihm sicherlich von Jacques nächtlichem Besuch erzählt hatte. Er erinnerte sich noch an die Krise, in die die junge Frau geraten war, als man ihr am Morgen erklärt hatte, sie könne ihren Liebhaber nicht empfangen haben, da dieser am Dienstag, dem zwölften unter den Trümmern seines Ateliers gestorben sei. Sie hatte darauf bestanden, die Leiche zu sehen, und dann hatten mehrere Personen sie überwältigen müssen, sonst hätte sie sich eigenhändig in Stücke gerissen. Er, Franck Philostène, der in seiner Gemeinde bei Beerdigungen oft den Chor leitete, hatte noch nie erlebt, dass jemand seinen Schmerz auf diese

Weise kundtat. Das war ein schwieriger Moment gewesen. Das Schuldgefühl hatte ihm die Kehle zugeschnürt. Er hatte mit schlotternden Beinen eilig nach einer Sitzgelegenheit suchen müssen, während in seinem Kopf ein Wirbelsturm tobte und man Marie-Marthe festhielt. Diese schrie: »Er hat mich berührt ... Der Tote hat mich berührt«, denn sie war überzeugt, das Gespenst von Jacques Philostène gesehen zu haben. Dem Takt und der Fürsorglichkeit seiner Frau Rose-Marie war es gelungen, sie zu beruhigen. Sie sprach sanft auf sie ein und gab ihr zu verstehen, dass sie alles, was geschehen sei, als Gnade Gottes betrachten müsse. »Das ist der größte Liebesbeweis, den Jacques dir gegeben hat, Marie-Marthe. Bevor er gegangen ist, wollte er dich ein letztes Mal sehen. Das musst du einsehen. Wenn du dich so aufregst, verursachst du seiner Seele zusätzliches Leid.« Ihn zerfraßen Scham und Schuldgefühle. Der Zynismus seiner Frau machte ihn sprachlos. Er fragte sich, ob sie ihn eines Tages nicht auffressen würde wie die Gottesanbeterinnen ihre Männchen. Seine Machtlosigkeit und seine Feigheit waren zwei Bürden auf seinen Schultern. Schweißgebadet drückte er auf die Klingel. Er hörte nichts. Die Hunde brachen in wildes Gebell aus.

»Probier's nochmal«, insistierte seine Frau.

Er gehorchte, dann ging er, ohne auf ein weiteres Wort seiner Frau zu warten, zu dem Jeep zurück. Er wollte sich wieder auf seinen Platz setzen, als ihm der Lauf einer Waffe ans Genick gehalten wurde.

»Öffnen Sie mir die hintere Tür ohne plötzliche Bewegung.«

Das Gesicht von Franck Philostènes Frau spannte sich, ihre Wangenmuskeln zogen sich zusammen und aus ihren Augen leuchteten Hass und Angst zugleich.

»Was hat das zu bedeuten, Inspektor Azémar?«, fragte sie.

»Öffnen Sie die Tür, sonst schieße ich Sie ins Bein. Ich scherze nicht.«

Die Stimme des Inspektors, sein Gesichtsausdruck und sein nach Alkohol stinkender Atem zeugten von seiner Entschlossenheit. Sie entriegelte die hintere Tür.

»Steigen Sie ein. Und noch einmal, keine Bewegung.«

Er sprang auf den Hintersitz, die Waffe immer noch auf den Nacken der Fahrerin gerichtet.

»Fahren Sie los ... Richtung Nationalstraße.«

Sie brauchte zwei Versuche, um den Motor anzulassen.

»Beruhigen Sie sich. Ich will nur eine kleine Aussprache. Ich will gewisse Dinge verstehen.«

»Was?«, fragte Franck Philostène mit fast weinerlicher Stimme.

»Du, Betbruder, hältst den Mund«, befahl Azémar. »Auf die Nationalstraße nach Norden!«

Rose-Marie Philostène gehorchte. Der Verkehr hatte sich verringert. Einige Busse überholten sie, überladen mit Menschen, die aus der Hauptstadt flohen, weg von den Trümmern, den verwesenden Leichen, der Seuchengefahr, den neuen Erdstößen sowie der Bedrohung durch die bewaffneten Banden, die die Lage ausnutzten, um die Bevölkerung auszurauben.

»Wohin fahren wir?«, fragte die Frau mit zusammengebissenen Zähnen.

»Zu Jacques ... Was denken Sie denn!«

»Sie sind verrückt«, grollte Franck Philostènes Frau. »Schon gestern Vormittag dachte ich mir, dass es Ihnen nicht gut geht ... Sie haben zu viel getrunken ... Sie müssen sich wieder fangen.«

»Halt's Maul!«, brüllte der Polizist.

»Sag nichts«, murmelte Franck Philostène. »Reg ihn nicht auf.«

»Wie ich sehe, haben Sie die Bilder Ihres Bruders an sich genommen, Franck«, bemerkte Azémar ironisch. »Ich dachte, ein Teil wurde verkauft und der andere gestohlen?«

»Ich erklär's Ihnen, Herr Inspektor«, jammerte Franck.

»Du bist erbärmlich«, sagte seine Frau verächtlich. »Er will das Geld!«

Sie wirkte auf den Inspektor wie eine steinerne Statue, ein Ungeheuer, das in einem menschlichen Körper Gestalt angenommen hatte, dessen Bewegungen und Stimme es aber nur mit Mühe nachahmen konnte. Er sagte sich, dass sie sich wie in den Geschichten, an denen man sich hier so oft delektiert, jeden Moment vor seinen Augen verwandeln konnte.

»Biegen Sie rechts ab«, sagte der Inspektor.

»Warum?«, sträubte sie sich.

Er versetzte ihr mit dem Pistolenlauf einen Schlag auf die Schulter.

»Nach rechts, sonst kann ich für nichts garantieren!«

Sie bog an der angegebenen Kreuzung ab. Sie fuhren einen Augenblick einen holprigen Weg entlang. Es war kaum mehr als ein Pfad, in der Mitte geteilt durch das ausgetrocknete Bett eines Sturzbachs, von dem ein Geruch nach Schlamm, Fäulnis und Schwefel ausging.

»Halten Sie an«, sagte der Inspektor.

Sie gehorchte. Der Polizist stieg als Erster aus. Sie befanden sich in einer von der Nachmittagssonne verbrannten Savanne. So weit das

Auge reichte, gab es nur Gras, Kakteen und Bäume, die nie zu voller Größe heranwuchsen. Die Straße war von hier aus nicht zu sehen. Die von den illegalen Sandhändlern ausgeweideten Berge boten trotz der Entfernung einen bemitleidenswerten Anblick. Ein Endzeitschauspiel, das den Inspektor an eine andere tragische Episode seines Lebens erinnerte. Einen Besuch bei einem *bòkò*, um das Leben eines kleinen Mädchens zu retten.

»Weiter, weiter«, befahl Azémar.

»Wohin gehen wir?«, fragte Madame Franck Philostène ein weiteres Mal.

»Ich hab's Ihnen schon gesagt ... Wir besuchen Jacques.«

»Er ist tot«, erinnerte sie.

»Nein. Marie-Marthe hat ihn in der Nacht des zwölften Januar gesehen.«

»Was wollen Sie also? Das Geld? Wir können uns das Geld für die Bilder teilen.«

»Stehenbleiben«, sagte der Inspektor in müdem Ton.

Er hatte genug. Diese Frau fachte in ihm jene Wut an, die er unaufhörlich mit *soro* zu unterdrücken suchte.

»Erklären Sie mir die Sache ... Diese Geschichte von verkauften und gestohlenen Gemälden.«

»Wir wollten Sie einfach nur behalten, um sie zu verkaufen, Herr Inspektor«, antwortete Franck. »Wir wussten, dass die Sammler sich darauf stürzen würden. Seit einigen Monaten gingen die Preise zurück. Wir wollten den Eindruck erzeugen, dass nur wenige Werke auf dem Markt sind, um die Preise hochzutreiben.«

»Und das Gespenst von Jacques bei Marie-Marthe? Die Leute, die ihn in der Nacht gesehen haben ... haben die geträumt?«

»Sie glauben wohl an gar nichts!«, schrie Rose-Marie Philostène zornig. »Sie sind nicht die Ersten, die Zombies gesehen haben. Ich selbst habe meine Mutter eine Woche nach ihrem Tod gesehen. Sie feilschte im Marché Salomon um Annonenfrüchte.«

Er versetzte ihr einen heftigen Schlag mit der flachen linken Hand. Sie taumelte, fiel zu Boden und stand wieder auf, wobei sie sich mit verstörter Miene das Gesicht hielt. Franck wollte sich auf den Polizisten stürzen, aber der Lauf der Waffe ließ ihn sofort innehalten.

»Hören Sie auf, mich für einen Schwachsinnigen zu halten. Wenn es einen einzigen Haitianer gibt, der das nicht ist, dann mich«, brüllte der

Inspektor außer sich. »Wissen Sie, was Sie gemacht haben? Sie haben einen unserer besten Künstler ermordet.«

Er tobte, unfähig seine Wut im Zaum zu halten.

»Sie haben die Katastrophe genauso ausgenutzt, wie es der Haufen von Spinnern machen wird, die uns regieren, und die Schwachköpfe, die unsere Wirtschaft kontrollieren.«

»Es ist nicht so, wie Sie glauben«, jammerte Franck. »Ich schwöre Ihnen, dass er beim Erdbeben gestorben ist. Und außerdem, vielleicht haben sich die Leute geirrt ... Alle hatten das Zeitgefühl verloren. Wir standen alle unter Schock.«

»Genug«, sagte seine Frau trocken. »Inspektor! Wieviel wollen Sie? Da sind Bilder im Wert von mindestens 50 000 Dollar ...«

Er zielte mit seiner Waffe auf den Punkt zwischen den Augen der Frau. Sein Finger auf dem Abzug juckte.

»Wer hat Jacques Philostène getötet?«

»Sie hatte die Idee«, sagte Franck Philostène. »Jacques hätte so oder so nicht mehr lange zu leben gehabt. Seine Leber konnte nicht mehr.«

»Und Sie waren nicht in der Lage, sich ihr zu widersetzen?«, wunderte sich der Inspektor. »Versuchung, Sünde, der Dämon, das ist doch ihr Ding, oder?«

»Dreißigtausend Dollar für Sie«, zischte sie.

Er drückte auf den Abzug. Die Frau fiel mit einem blutigen Loch zwischen den Augen rücklings um.

»Erbarmen!«, jammerte Franck und sank auf die Knie. »Um Jesu Christi willen, haben Sie Erbarmen mit mir.«

»Du hast mit Jacques auch kein Erbarmen gehabt«, gab der Inspektor trocken zurück.

Er schoss ihn ebenfalls mit einer Kugel zwischen die Augen nieder. Er betrachtete die beiden Leichen und war dabei keineswegs überrascht, dass seine Wut nicht verraucht war. Er nahm die Flasche *soro* von seinem Gürtel und trank sie in einem Zug leer, ohne Atem zu holen. Der Blutgeruch würde bald die streunenden Hunde anlocken. »Sie haben das Erdbeben genauso ausgenutzt, wie die anderen es bald tun werden«, klagte der Inspektor, der auf einmal solche Bauchschmerzen hatte, dass er sich krümmte. Er biss die Zähne zusammen und richtete sich mit Schweiß auf der Stirn und schlotternden Beinen auf. Er fühlte sich benommen, schwindelig, verwirrt. Das Bild der auf ihm erdrückten Frau, das in einem Flashback wiederkehrte, blendete ihn weit mehr als die

Sonnenstrahlen, die von dem immer wieder bloß daliegenden Felsboden der Savanne reflektiert wurden. Es kam ihm auch vor, als wäre die Zeit stehengeblieben. In der Leere, die darauf folgte, versuchte er sich an unsichtbaren Lianen, an Seilen festzuhalten, die sein Delirium flocht. Am tiefsten Grund seines Gedächtnisses zerriss in einer Art Detonation ein Schleier, und er stellte sich auf einmal vor, er hätte sich hier, in dieser Savanne, neben den Leichen der Eheleute Philostène, das Leben genommen. Er hörte die Stimme der Frau des Kommissars.

»Solon hat sich in eine gefährliche Lage gebracht, Dieuswalwe.«

»Was für eine Lage?«

»Das muss zwischen dir und mir bleiben. Er darf nichts davon erfahren. Du musst sehen, wie du ihm helfen kannst.«

»Solon ist mein Freund. Ich werde immer alles tun, um ihm zu helfen.«

»Solon hat bei seiner Rückkehr aus den Vereinigten Staaten geschworen, nie mehr ins Ausland zu gehen. Seine Erfahrung in Nordamerika hat ihn traumatisiert. Deswegen hat er alles getan, um in der Police Nationale aufzusteigen, um seinen Arbeitsplatz zu behalten. Er musste vor manchem die Augen verschließen, mit unseren Politikern paktieren. Das war schwer für mich, Dieuswalwe. Mein Vater, der auch Polizist war, ist von einem Bandenchef aus der Cité Soleil enthauptet worden.«

Dieses Detail kannte er noch nicht.

»Die Einzelheiten kann ich mir sparen. Kurzum, Solon hat laviert, wie viele unserer Offiziere. Er hat dabei aber versucht, eine bestimmte, recht fließende Grenze nicht zu überschreiten. Bis letzten Monat, als er zu einer Sitzung in den Nationalpalast bestellt wurde.«

Er hatte nichts gesagt. Er wartete mit klopfendem Herzen auf die Fortsetzung. Ihm fiel wieder ein, wie Solon im letzten Moment die Ermittlungen über die Organhändler blockiert hatte.

»Die Machthaber wollen die nächsten Wahlen um jeden Preis gewinnen. Sie möchten sich daher eine Streitmacht vor Ort schaffen. Nicht so etwas wie die Schimären des Priesters*, sondern ausgebildete Männer, die einem Kommando unterstehen. Man wollte Solon damit betrauen, diese Männer unter den Banden zu rekrutieren, das heißt Kidnapper, Vergewaltiger, Mörder, Drogensüchtige. Solon sollte sie ausbilden und ihnen Waffen übergeben. Ich hatte meinen Mann gewarnt. Er war zu willfährig gegenüber der politischen Macht gewesen. Man hatte geglaubt, er sei bereit, noch weiter zu gehen.«

»Und Solon hat abgelehnt?«

»Ja ... Er hat gesagt, es käme für ihn nicht in Frage, Leute auszubilden, die eigentlich hinter Gittern sitzen müssten. Die Sitzung verlief turbulent. Solon hat einen Bandenchef sogar geohrfeigt.«

»Wie heißt dieser Bandenchef?«

»Er ist unter dem Spitznamen Sans Remords* bekannt.«

Er hatte einen Fluch unterdrückt. Dieser Bandenchef war bei der Polizei gut bekannt. Er war unangreifbar, weil er den Machthabern nahestand. Am Ende jedes Monats erhielt er Geld, Telefonkarten und Benzingutscheine für sich und seine Gefolgsleute. Er fuhr einen prächtigen Geländewagen mit getönten Scheiben. Dieser Bandenchef ging vor den Augen der UNO-Streitkräfte überall ein und aus. Der Inspektor erinnerte sich, dass UNO-Kontingente aus dem Mittleren Osten mit Kidnappern und Vergewaltigern aus der Cité Soleil paktiert hatten.

»Ohne das Eingreifen eines einflussreichen Kabinettsmitglieds wäre die Sache schlimm ausgegangen. Solon war schließlich bereit, sich bei Sans Remords zu entschuldigen. Der Berater aus dem Kabinett des Präsidenten hat versprochen, das Gespräch fortzusetzen, wenn die Gemüter sich beruhigt hätten.«

»Und Solon wird den Job, den man ihm anbietet, nicht annehmen?«

»Er wird sich weigern«, bestätigte Solons Frau.

»Hast du den Namen des Beraters aus dem Kabinett des Präsidenten?«

»André Frère-Louis.«

»Glaubst du, dass dein Mann recht hat, den Auftrag auszuschlagen, den die Machthaber ihm erteilen wollen?«, hatte der Inspektor sie erstaunt gefragt.

»Ich will nicht, dass er akzeptiert, Dieuswalwe. Diese Leute haben meinen Vater umgebracht. Sie zerstören das, was vom Land noch übrig ist. Ich will zwar besser leben. Aber nicht um diesen Preis.«

Sie war in Schluchzen ausgebrochen. Plötzlich war sie ihm zerbrechlich und noch sinnlicher erschienen. Er begriff, dass sie verzweifelt war, und musste einfach zu ihr hingehen und sie in die Arme nehmen.

»Wir suchen eine Lösung, Aldrine.«

»Es gibt keine Lösung, Dieuswalwe ... Es gibt keine.«

Er schloss sie noch fester in die Arme. Es gab immer eine Lösung. Fliehen? Den Bandenchef zur Raison bringen? Mit dem einflussreichen Berater im Kabinett des Präsidenten reden?

»Dieuswalwe, ich will bei dir bleiben ... Ich kann nicht mehr ... Ich breche gleich zusammen.«

Es war nicht nur die Hilflosigkeit von Aldrine Solon, die über seine Vorsicht siegte. Es hatte ihn berührt, in ihr eine Frau zu entdecken, die die Regeln einer verrückten, perversen, unmenschlichen, tierischen Welt ablehnte. Er lotste sie zu dem Hotel.

Er kam außer Atem und mit trockener Kehle zu sich. Sein Körper wurde von Krämpfen geschüttelt, die ihn auf den heißen, rauen Kalksteinboden schleuderten. Der Aufprall lähmte ihn und brachte seine Gedanken wieder einigermaßen in Ordnung. Er verstand nun, warum er mit Madame Solon in das Hotel gegangen war, er erfasste die Tragweite der drohenden Geste des Sicherheitsmannes, der den Kommissar im Hof der Wache gesehen hatte, und er begann zu ahnen, warum Solon entgegen seiner Gewohnheit seit gestern Nachmittag nicht auf dem Revier erschienen war. Etwas war in der Zwischenzeit passiert. Nach dem Erdbeben, das das ganze Land ins Chaos gestürzt hatte, hatten gewisse Leute die Lage für günstig gehalten, um ihre Differenzen mit dem Kommissar zu regeln.

Die Leichen von Franck Philostène und seiner Frau waren bereits von einem Schwarm fetter, ölig glänzender Fliegen bedeckt. Der Inspektor steckte seine Automatik wieder an den Gürtel und ging zum Jeep zurück. Glücklicherweise waren die Werke von Jacques Philostène alle im Kleinstformat. Dennoch musste er sie in zwei Pakete verpacken und sie gut verschnüren. Mit einem Paket unter jedem Arm ging er auf dem Pfad Richtung Nationalstraße. Die Sonne sank schon seit einiger Zeit, und die Erde würgte die Hitze wieder aus. Jeder Schritt setzte seine Schuhe in Flammen. Seine Kleider waren schweißgetränkt. Zum ersten Mal war ihm der *soro*-Geruch seines Körpers geradezu lästig. Die Pflanzen näherten sich in dieser Gluthitze dem mineralischen Stadium. Er fürchtete, an Ort und Stelle plötzlich zur Salzsäule zu erstarren wie Lots Frau, die sich umgesehen hatte, als das Feuer vom Himmel die Erde in Glasschmelze verwandelt hatte.

Keuchend erreichte er die Straße. Er stellte die Kartons mit den Bildern auf dem Boden ab. Nichts, was Schutz vor der Sonne bot, während er auf ein Fahrzeug wartete. Mit einer Polizeipatrouille war nicht zu rechnen, und es war unwahrscheinlich, dass man ihn mit den Leichen in Verbindung brachte, falls sie überhaupt entdeckt wurden. Die streunenden Hunde würden ihre Identifizierung erschweren. Da war zwar noch das Auto, aber das hätte jeder stehlen können. Die Plünderer mit ihrem sechsten Sinn würden den Jeep bald aufspüren und davon alles abmontieren, was sich verkaufen ließ. Es würde nur noch ein unidentifizierbares Schrottgerippe übrigbleiben. So oder so würde es Tage oder sogar Wochen dauern, bis man sich mit der Sache befasste. Nach einem solchen Erdbeben war monatelang nur ein Notbetrieb möglich.

Er wartete etwa zwanzig Minuten. Drei Busse donnerten, vollbesetzt mit Menschen, die die Hauptstadt verließen, an ihm vorbei. Schließlich hielt ein Leichenwagen. Er bot dem Fahrer dreihundert Gourde, wenn er ihn im Stadtzentrum absetzte. Aus Sicherheitsgründen gab er sich nicht als Polizeioffizier zu erkennen. Man war bereit, ihn mitzunehmen. Der Fahrer stieg aus, um die Kartons des Inspektors neben dem Sarg zu verstauen, den er transportierte. Er war leer, wie der Chauffeur erklärte. Ein reicher Händler aus Saint-Marc hatte ihn bestellt, damit eine Kusine, deren Leiche man erst an diesem Morgen aus den Trümmern geborgen hatte, schnell und würdig bestattet werden konnte. In einem Leichenwagen nach Port-au-Prince zurückzufahren, bereitete dem Inspektor ein seltsames Unbehagen. War das ein schlechtes Vorzeichen? Der Fahrer erzählte, er und ein Kollege vom Bestattungsunternehmen seien bereits unzählige Male zwischen der Hauptstadt und Saint-Marc hin und hergefahren, um die Toten in die Leichenhalle der Firma zu transportieren, denn die Leichenhallen der Hauptstadt seien entweder überfüllt oder zerstört. »Das wird unser bestes Jahr«, sagte er in triumphierendem Ton. Er neigte sich auf die Seite und holte eine Flasche unter seinem Sitz hervor. Es war *tranpe. Bwa kochon**, wie der Inspektor als Experte feststellte.

»Trinken Sie einen Schluck«, bot ihm der Fahrer an. »Mir scheint, Sie können es brauchen.«

Er hätte sagen sollen: »So wie Sie aussehen, ist nicht schwer zu erraten, dass sie ein regelmäßiger *tranpe*-Trinker sind.« Mit der Alkoholfahne, die er hinter sich ließ, und der Jacke, die an seinem Körper herunterhing wie Lumpen an einem Obdachlosen, der sie im Müll gefunden hat, sah der Inspektor nicht sehr vorzeigbar aus. Er lehnte ab. Ein ordentlicher Schluck *bwa kochon* hätte ihm zwar gut getan, auch wenn er *soro* vorzog, aber dort, im Leichenwagen mit diesem Fahrer, der so wirkte, als ginge ein Verwesungsgestank von ihm aus, hatte er keine Lust darauf ... Er gab vor, er habe Migräne und schon zu viel *soro* getrunken.

»Sie haben recht«, bemerkte der Fahrer. Er setzte die Flasche ab und wischte sich mit dem Handrücken über die Lippen. »*Bwa kochon* und *soro* sollte man nicht mischen. Was transportieren Sie in diesen Paketen?«

Der Inspektor gab keine Antwort. Der andere insistierte nicht. Er dachte sich sicher, dass es ein Fehler gewesen war, diese Frage zu stellen. Viele Leute aus dieser Gegend kamen, um Magier zu konsultieren oder satanische Riten zu vollziehen. Es war besser, nichts zu sehen und zu hören. Der Inspektor versuchte, Marie-Marthe telefonisch zu erreichen. Das Netz hatte dem Erdbeben zwar standgehalten, aber wegen der Überlastung der Linien musste man hartnäckig sein. Schließlich kam er zu ihr durch.

»Dieuswalwe! Wo warst du?«

»Ich musste ein paar Sachen für den Zombie von Jacques in Ordnung bringen.«

»Was soll das heißen?«

»Ich habe du weißt schon was wiedergefunden. Komm zu mir auf die Wache. Ich bin in einer halben Stunde dort.«

Der Fahrer drückte aufs Gaspedal, als er das Wort »Zombie« hörte. Was hatte ihn bloß geritten, dass er diesem Mann eine indiskrete Frage gestellt hatte? Bestimmt hatte ihm ein böser Engel eingegeben, anzuhalten und ihn mitzunehmen. Er sagte im Fahren ein Gebet zum Schutz gegen böse Geister auf. Wer weiß, was dieser Mann in seinen zwei Kartons mit sich führte! Menschliche Überreste? Gerätschaften, um jemanden zu verhexen oder eine mörderische *ekspedisyon** vorzunehmen? Als er ihn vor dem Revier absetzte, lehnte er zunächst ab, bevor er das Geld aus den Händen des Inspektors entgegennahm, dann öffnete er eilig den Kofferraum und schützte Bauchschmerzen vor, um die Pakete nicht selbst in die Hand zu nehmen. Azémar, der sehr gut verstand, was los war, holte die Kartons selbst heraus und bedankte sich bei dem Fahrer, welcher eilig davonfuhr und sich dabei bei sämtlichen Göttern der Hölle schwor, in dieser Gegend nie wieder jemanden an Bord zu nehmen. Marie-Marthe erwartete den Inspektor. Sie lehnte am Zaun des Reviers und trank ein kaltes Getränk, während sie die Menge beobachtete, die vor dem Zaun des zerstörten Nationalpalastes und den Hütten, Behelfsunterkünften und Zelten umherschlenderte, die überall auf der großen Fläche des Marsfeldes aufragten.

»Da«, sagte Dieuswalwe Azémar und reichte der jungen Frau die Pakete.

»Was ist das?«

»Die Bilder von Jacques.«

Sie öffnete, starr vor Erstaunen, den Mund.

»Wo hast du sie her?«

»Von Jacques' Mördern.«

»Wem?«

»Seinem Bruder und seiner Schwägerin. Sie haben ihn einige Minuten, nachdem er von dir aufgebrochen ist, ermordet. Sie haben ihn niedergeschlagen, dann haben sie ihre Inszenierung durchgezogen.«

»Wo sind sie«, fragte sie.

»Wo sollen sie sein? Es gibt keine Gefängnisse mehr. Man hat die Gefangenen beim Erdbeben entkommen lassen. Glaubst du, unsere Justiz hätte sie verurteilt?«

Sie hielt sich mit beiden Händen den Kopf.

»Dieuswalwe ... Dieuswalwe ... Überlass es Gott, die Schuldigen zu bestrafen.«

»Wir bürden Gott zu viel auf«, grollte der Inspektor. »Nimm die Bilder. Jacques hat keine Familie mehr. Er hatte nur dich.«

Sie nahm die beiden Kartons. Das Telefon des Inspektors klingelte in diesem Moment. Er schaute auf das Display und erkannte die Nummer des Arztes aus dem Krankenhaus. Eine kalte Hand griff nach seinem Nacken, vor seine Augen legte sich ein schwarzer Schleier. Die Erde bewegte sich unter ihm, aber das war nur eine Illusion.

»Inspektor Azémar ... Ich habe mehrfach versucht, Sie zu erreichen. Ich bin nicht durchgekommen.«

»Ich höre«, sagte der Inspektor mit zitternder Stimme.

»Der Patient ist wieder aufgewacht.«

»Spricht er?«

»Ja ... Da ich Sie nicht erreichen konnte, habe ich Kommissar Solon angerufen.«

»Haben Sie ihn erreicht?«

»Ja ... Er müsste jeden Augenblick da sein.«

»Scheiße!«, brüllte Azémar. »Scheiße!!!«

»Was haben Sie, Inspektor?«, wunderte sich der Arzt.

»Nichts, nichts«, sagte er im Auflegen.

»Alles klar?«, fragte Marie-Marthe beunruhigt.

»Geh mit den Bildern nach Hause«, empfahl ihr Azémar. »Wir sehen uns später.«

Er entfernte sich. In seinem Kopf brannte es. Er brauchte ein Motorradtaxi, um vor dem Kommissar im Krankenhaus zu sein. Er ging auf und ab und wusste nicht, was er tun sollte. Die Phiole war immer noch in seiner Tasche. Aber würde das Gift des *bòkò* so rasch wirken, dass der Kommissar Moricènes Worte nicht hören würde? Und wenn nicht, könnte er Moricène kaltblütig ermorden, auf das Risiko hin, dass man ihn verdächtigte? Solon war kein Dummkopf. Ihm würde auffallen, dass in der Abfolge der Ereignisse etwas nicht stimmte. Und wenn er erst ankam, nachdem der Kommissar Moricène verhört hatte? In diesem Fall begab er sich in die Höhle des Löwen. Solon war ein jähzorniger Hitzkopf, der sich mehr von seinem Herzen als von seinem Kopf leiten ließ. Er war zum Besten wie zum Schlimmsten fähig. In einem Wutanfall konnte er alles umstoßen, alles verleugnen und eine Stunde später bittere Tränen der Reue vergießen. Inspektor Azémar blieb stehen. Der Anblick der Ruinen des Nationalpalastes bereitete ihm Schmerzen. In einem Jahr würden sie immer noch so dastehen, denn die Politiker würden sie als Mittel betrachten, das Mitleid des Auslands zu erregen, ebenso wie die behelfsmäßigen Unterkünfte, die das Marsfeld wie ein Krebsgeschwür überwucherten. War der Moment des Abschieds gekommen? In eben diesem Moment flohen zehntausende von Menschen aus der Hauptstadt in die Provinz oder in die Dominikanische Republik. Die Ausländer stürmten die Botschaften ihrer Herkunftsländer, aber es mischten sich auch Haitianer unter sie, die unter dem Vorwand familiärer Verbindungen ins Ausland und unter Ausnutzung des Chaos zu entkommen suchten. Der Inspektor war verblüfft über die Energie, die seine Landsleute aufboten, um zu fliehen und ihr Land im Stich zu lassen. Würde dieselbe Energie dazu benutzt, denen Einhalt zu gebieten, die das Land in diesem erbärmlichen Zustand hielten, könnte sie ein anderes Bild von diesem Ort erzeugen und endlich einmal menschenwürdige Lebensbedingungen schaffen. Aber schickte er sich nicht gerade an, dasselbe zu tun? Fliehen! Es gab nur diese Lösung, wenn er nicht mit einer Kugel im Kopf enden wollte. Mit Solon gegen sich hatte er keine Chance. In seiner Wut wäre der Kommissar sogar imstande, sich an Mireya zu vergreifen, um sich zu rächen. Azémar hielt nach einem Motorradtaxi Ausschau. Er müsste sich beeilen, Mireya abholen, seine Ersparnisse nehmen und sich zur dominikanischen Grenze begeben. Dann würde er weitersehen. Er würde alles tun, damit Mireya überlebte. Gab es dort drüben guten *soro*? Die Frage tat ihm in der Seele weh. Ein

Motorradtaxi kam. Ein plötzlicher Einfall dämpfte den Brand in seinem Kopf. Kommissar Solon wurde von dem Bandenchef Sans Remords und dem Berater des Präsidenten verfolgt. Er war seit einigen Stunden untergetaucht. Wenn er den Anruf des Arztes entgegengenommen hatte, dann weil ihm der Wunsch, den Liebhaber seiner Frau zu fassen, noch wichtiger war als seine eigene Sicherheit. Solon würde sich zum Krankenhaus begeben, um mit Moricène zu sprechen, aber zu dieser Zeit war normalerweise der Sicherheitsmann mit den Dreadlocks im Dienst, der, der ihn bedroht hatte, indem er sich mit der Handkante über die Kehle fuhr. Er würde Sans Remords oder einem anderen Mitglied der Bande Bescheid sagen. Einige Minuten später würde Solon in ihre Hände fallen. Der Kommissar würde mit abgeschnittenem Kopf oder mit einem Betonblock an den Füßen in der Bucht von Port-au-Prince verschwinden. Inspektor Dieuswalwe Azémar seufzte erleichtert auf. Er brauchte nur abzuwarten, und alles würde wieder in Ordnung kommen. Letztlich arbeitete alles für ihn. Aber vielleicht sollte er danach den Polizeidienst quittieren. Er hätte dann keinen Protektor mehr. Es gab zu viele Persönlichkeiten, vor allem seit dieser Affäre um den Schmuggel von Kinderorganen, die ihn fertigmachen wollten.

Dennoch tat er etwas vollkommen Irrationales. Er dachte an das, was er immer gewesen war. Er dachte an seine Bemühungen, die Schreibweise seines Vornamens mit zwei W beim Standesamt durchzusetzen. Er dachte an die Bewunderung, die seine Tochter Mireya ihm entgegenbrachte und auch die andere Mireya, die er geliebt hatte und die in La Brésilienne gestorben war, erschossen von zwei Politikern, Schützlingen der Machthaber, die immer noch im Sattel saßen. Er sprang auf das Motorradtaxi. Anstatt seiner Adresse in Bas-Peu-de-Chose gab er die des Hospitals Sainte-Justine an. Er klärte den Motorradfahrer auf, wer er war, und als dieser antwortete, er könne nicht schneller fahren, hielt er ihm seine Polizeimarke vors Gesicht und drohte, seine Papiere zu beschlagnahmen, wenn er nicht Gas gab. Der Fahrer ließ sich das nicht zweimal sagen. Er vollführte unter ständigem Hupen einen Slalom durch die Straßen, fuhr manchmal über den Bürgersteig, um den Staus auszuweichen und fand ungeahnte Schleichwege zwischen den Trümmerhaufen hindurch. Das Motorrad kam in Rekordzeit am Hospital Sainte-Justine an. Der Inspektor stieg ab und rannte ohne ein Wort an den Fahrer, welcher sich einfach nur davonmachte, auf den Eingang des Krankenhauses zu. Es warteten immer noch genauso viel Verletzte auf Behandlung. Die Wunde, die das Erdbeben geschlagen hatte, kam mit jedem Tag deutlicher zum Vorschein. Man ließ ihn eintreten. Wie er befürchtet hatte, erblickte er den Sicherheitsmann mit den Dreadlocks. Der junge Mann stand, gestützt auf seinen Karabiner, den er mit dem Lauf nach unten gedreht hatte, am Eingang eines Flurs im Erdgeschoss und schäkerte mit einer Krankenschwester. Azémar wollte gerade die Treppe zu dem Stockwerk hinaufsteigen, in dem Moricènes Zimmer lag, als er Doktor Williams auf sich zukommen sah. Der Arzt nahm ihn am Arm und zog ihn fast gewaltsam in einen kleinen, diskreten Raum.

»Sagen Sie mir, was da los ist, Inspektor.«

»Was soll los sein?«, fragte der Inspektor mit klopfendem Herzen.

»Kommissar Solon ist hier hereingeplatzt, um Moricène zu besuchen. Er ist einige Minuten mit ihm allein geblieben, dann ist er mit verzerrtem Gesicht wieder herausgekommen. Als er mich gesehen hat, hat er nur gesagt: ›Ausgerechnet mir so was anzutun! Den mache ich kalt, diesen *tranpe*-Säufer.‹«

»War es das, was Sie mir zu sagen hatten?«, fragte der Inspektor den Arzt kühl, während er sich losmachte.

»Nein ... Ein Mitsubishi-Geländewagen ist angekommen. Wahrscheinlich Leute von der Regierung. Der Sicherheitsdienst hat ihnen das Tor geöffnet. Die Leute haben Solon im Krankenhaus festgenommen. Sie haben ihm Handschellen angelegt. Das waren keine Polizisten, Inspektor. Ich habe einen Blick für Gangster, ich habe monatelang in den gefährlichen Vierteln der Hauptstadt gearbeitet. Das war es, was ich Ihnen sagen wollte.«

»Sehr gut ... Dann sagen Sie bitte den anderen Sicherheitsleuten, sie sollen bei dem, was jetzt gleich in Ihrem Krankenhaus passiert, nicht reagieren.«

»Was wollen Sie tun?«

Er schob den Arzt beiseite und trat auf den Flur. Der Sicherheitsmann mit den Dreadlocks war immer noch an der Krankenschwester interessiert. Diese hatte offenbar nicht viel zu tun, es sei denn, sie konnte sich den Aufmerksamkeiten des jungen Mannes nicht entziehen. Der Inspektor begriff. Ein Sicherheitsmann mit Dreadlocks, das war unüblich. Dass er diesen Arbeitsplatz bekommen hatte, bedeutete, dass er von einer wichtigen Persönlichkeit protegiert wurde. Einem Bandenchef, dem mehrere Politiker ergeben waren. Die Krankenschwester fürchtete um ihre Sicherheit und musste sich ducken. Der Inspektor ging über den Flur, als wäre nichts, und der Wächter im Gespräch mit der hübschen Krankenschwester sah ihn nicht kommen. Mit einem Fußtritt stieß der Inspektor den Karabiner beiseite. Der Sicherheitsmann hob die Hände, als er den auf seinen Kopf gerichteten Smith & Wesson erblickte.

»Hauen Sie ab«, sagte der Inspektor zur Krankenschwester.

Mehrere Leute begannen zu schreien, als sie die Waffe sahen, die auf den Wachmann zielte. Zwei andere Sicherheitsleute, die sich in der Gegend befanden, näherten sich drohend. Der Inspektor schwenkte seine Marke.

»Polizei. Dieser Mann ist verhaftet ... Gehen Sie an Ihre Arbeit.«

Sie schätzten ihren Kollegen offenbar nicht besonders, denn sie kehrten eilig auf ihre Posten zurück.

»Sie wissen nicht, was Sie tun, Inspektor«, grollte der Wachmann.

»Du führst mich jetzt dorthin, wo deine Freunde den Kommissar hingebracht haben.«

Der andere entblößte in einem breiten Grinsen seine weißen Zähne.

»Wer zwingt mich dazu? Sie?«

Die Hand des Inspektors, die die Waffe hielt, schnellte ab und schlug dem Wachmann heftig ins Gesicht. Er fiel mit blutender Wange nach vorn und blieb nur auf den Beinen, weil eine Wand ihn aufhielt. Azémar drückte ihm den Lauf der Waffe ins Genick, während er mit der anderen Hand seinen Kopf festhielt.

»Wie heißt du?«, fragte der Inspektor.

»Jocelyn«, brachte er heraus.

»Also Jocelyn, du solltest wissen, dass ich mich nicht mit Skrupeln belaste. Um Solon zurückzubringen, bin ich zu allem bereit. Auch dazu, dir eine Kugel in den Kopf zu jagen.«

»Sie bluffen«, antwortete Jocelyn, dem blutiger Speichel aus dem Mundwinkel rann.

Er setzte die Mündung auf der linken Schulter des Sicherheitsmannes auf und drückte ab. Die Detonation hallte im Gebäude wider wie ein Donnerschlag. Man hörte Schreie, Leute warfen sich zu Boden.

»Scheiße!«, brüllte Jocelyn. »Sie sind ja verrückt ... Sie sind verrückt!«

Die Wucht des Projektils hatte ihn zu Boden geschleudert. Er hielt sich die blutende Schulter. Der Inspektor zog ihn mit einer Hand wieder hoch. Er wunderte sich immer wieder, welche Kraft er entwickeln konnte, wenn es nötig war.

»Es macht mir nichts aus, beim nächsten Mal tiefer zu zielen. Ich habe mich getraut, in einem Krankenhaus zu schießen. Soll ich weitermachen?«

Jocelyn schüttelte entsetzt den Kopf. All seine Überheblichkeit war dahin.

»Du hast bestimmt ein Auto im Hof stehen. Du fährst mich jetzt dahin, wo sie Kommissar Solon hingebracht haben, sonst stirbst du vor ihm. Verstanden?«

»Verstanden«, stammelte er. »Aber ich brauche Behandlung.«

»Später«, grollte der Inspektor. »Ich habe richtig gezielt. Die Kugel ist wieder ausgetreten. Beim nächsten Mal sorge ich dafür, dass sie steckenbleibt.«

Er zwang Jocelyn mit einer Hand vorwärts, während er die Waffe in der anderen hielt. Es bestand das Risiko, dass der Wachmann einen Freund im Krankenhaus hatte, aber sie gelangten ungehindert zum Parkplatz.

»Welches ist dein Auto?«, fragte der Inspektor. »Wir haben's eilig.«

Jocelyn zeigte auf einen kleinen Suzuki Sidekick. In diesem Jeep hatte der Inspektor ihn zum ersten Mal gesehen.

»Mach die rechte Tür auf und setz dich dann auf den Fahrersitz.«

»Mit meiner Schulter kann ich nicht fahren«, jammerte der Wächter.

»Das wirst du wohl müssen«, brummte der Inspektor. »Es ist ein Automatikwagen.«

Er drückte dem jungen Mann die Waffe ins Genick, um ihm noch einmal seine Entschlossenheit zu beweisen. Mit zusammengebissenen Zähnen öffnete Jocelyn die Tür. Unter Stöhnen und mit Tränen in den Augen gelang es ihm, sich hinter das Steuer zu setzen. Der Inspektor behielt Jocelyn im Visier, bis er neben ihm Platz nahm.

»Fahr los«, befahl der Inspektor, »und beeil dich. Du verlierst Blut. Je eher wir ankommen, desto besser für dich. Wo sind sie? In Cité Soleil?«

»Nein«, sagte Jocelyn. »In Mariani. Frère-Louis hat dort ein Haus am Meer.«

»Werden sie ihm einen Betonblock an die Füße hängen?«

Jocelyn nickte.

»Scheiße«, brüllte der Inspektor. »Beeil dich.«

»Wir haben Zeit«, murmelte Jocelyn mit schmerzverzerrtem Gesicht.

»Warum?«

»Weil Sans Remords Solon nicht einfach so gehen lässt. Er wird sich mit ihm amüsieren.«

»Wie?«

»Er wird ihn mit dem Messer zerlegen. Das macht er am liebsten, mit dem Messer arbeiten. Dem Dichter, der diese Fernsehsendung für die feinen Leute moderiert hat, hat er die Zunge abgeschnitten. Er wird Solon am Leben lassen, damit er am Grund des Meeres bei vollem Bewusstsein stirbt.«

»Hast du sie angerufen?«

Er nickte.

»Wir hatten Befehl von der Basis, immer zu melden, wenn wir eine Spur von Solon sehen.«

Der Suzuki bog nun auf die holprige Straße nach Carrefour ein. Zwei Tage nach dem Erdbeben herrschte nur wenig Verkehr. Die Nacht brach herein. In einigen Minuten würde völlige Dunkelheit herrschen. In der Hauptstadt gab es keinen Strom mehr. Die wenigen Lichter, die man sah, wurden von Privatleuten mit ihren Generatoren erzeugt. Der Inspektor erinnerte sich an eine andere, noch furchtbarere Nacht, in der er alles getan hatte, um seine Tochter Mireya zurückzuholen, bevor sie in Stücke geschnitten wurde und ihre Organe einigen reichen Amerikanern ein paar zusätzliche Lebensjahre bescherten. Nun war er es sich schuldig, Kommissar Solon zu retten, auch wenn der ihm den Tod seiner Frau in diesem Hotel an jenem schicksalhaften Nachmittag des 12. Januar niemals verzeihen würde. Er konnte Solon nicht dem Berater und Sans Remords überlassen. Das hieße, seinen Ekel vor diesem Land zu verleugnen. Es hieße, bereit zu sein, am Erbrochenen der Politiker zu schnuppern, das alle Straßen dieser Stadt mit Gestank erfüllte. Es hieße, seinem Vater und seiner Mutter eine lange Nase zu drehen, die ihn gelehrt hatten, lieber arm mit erhobenem Kopf aufrecht zu gehen, als mit den Reichtümern dieser Erde auf dem Rücken zu kriechen. Schlimmer noch, es hieße die zwei W aus seinem Vornamen zu streichen, die zwei W, auf die er so stolz war und die für seine Ablehnung dessen standen, was dieses Land war.

»Danach lasse ich dich ins Krankenhaus fahren«, sagte der Inspektor. »In ein paar Minuten bist du bei einer Krankenstation.«

Jocelyn nickte. Er fuhr mit Vollgas, Schweißperlen standen auf seiner Stirn. Sie passierten in voller Fahrt die Route des Rails und kamen in Mariani an. Alles lag verlassen da, obwohl die Nacht eben erst ihren dunklen Schleier über die Erde gebreitet hatte.

»Wenn du mich anlügst, bist du tot«, warnte der Inspektor. »Du wirst verstehen, dass ich keine Wahl habe. Also opfere dich nicht für deine Freunde. Sie würden es auch nicht für dich tun.«

»Ich weiß«, sagte Jocelyn.

Sie kamen an einem Nachtclub vorbei, der früher einer der meistbesuchten der Karibik gewesen war und heute praktisch in ein Stundenhotel umgewandelt war. Jocelyn fuhr langsamer und zeigte mit seiner gesunden Hand auf ein Gelände, auf dem ganz hinten ein Gebäude stand. Ein Zaun in schlechtem Zustand. Ein hölzernes Gatter. Kein Wächter zu sehen. Aus einem der Fenster des Hauses drang Licht.

»Fahr hundert Meter weiter und halte am Straßenrand.«

Jocelyn gehorchte wortlos.

»Kurbel das Fenster hoch«, befahl der Inspektor und tat auf seiner Seite dasselbe.

»Was haben Sie jetzt vor?«, fragte Jocelyn besorgt.

»Wie viele Personen sind dort?«, fragte der Inspektor.

»Vier. Sans Remords, seine zwei Stellvertreter Jean und Cyprien und Frère-Louis.«

»Keine Wachen?«

»Wozu?«, wunderte sich Jocelyn. »Niemand kommt hierher und niemand würde es wagen, das Boot vom Chef zu stehlen.«

Er setzte Jocelyn die Mündung auf die Brust und drückte ab. Die Detonation im Inneren des Jeeps war ohrenbetäubend. Der Wachmann sank tot zusammen, sein Kopf fiel auf das Lenkrad. Die geschlossenen Fenster hatten den Lärm gedämpft. Draußen würde man die Explosion auf einen geplatzten Reifen oder einen Schuss in der Umgebung zurückführen. Es gab hier überall Waffen, und ihre Besitzer machten sich oft einen Spaß daraus, bei jeder Gelegenheit loszuballern. Er ließ einige Minuten verstreichen, dann öffnete er die Tür und stieg aus. Er untersuchte die Umgebung. Dunkel. Verlassen. Kein Fahrzeug näherte sich auf der Straße. Der Himmel war bewölkt. Etwas weiter, über der Bucht, bestand der Horizont aus einem Regenteppich. Die Bewohner von Port-au-Prince, die unter freiem Himmel schliefen, würden ein weiteres Mal zu Gott flehen, damit die Schleusen des Himmels über der Stadt geschlossen blieben. Der Inspektor ging mit raschem Schritt auf das Grundstück zu, das Jocelyn ihm angegeben hatte. Sein einziger Vorteil war, dass die, die Solon in ihrer Gewalt hatten, nicht ahnten, dass jemand ihnen auf den Fersen war. Sie hatten die politische Macht, die Polizei und alles, was dieses Land an Mafiösem hervorbringen konnte, auf ihrer Seite. Er untersuchte den Zaun. Ein Abschnitt war baufällig, zerfressen von der Zeit und zerbrochen von Tieren, die sich ihren Weg hindurchgebahnt hatten, wie die zwei Rinder, die er wiederkäuend im Gras liegen sah. Er ging dort hindurch und blieb erneut reglos stehen, um die Umgebung genau zu studieren und sich zu vergewissern, dass man ihn nicht bemerkt hatte. Der Wolkenteppich hielt den Mond immer noch gefangen. Er hörte kein Geräusch außer einigen Voodootrommeln in der Ferne, dem Plätschern der Wellen am nahen Ufer und, plötzlich, einem kaum hörbaren Schmerzensschrei. Er musste sich beeilen. Sans Remords hatte sich ans Werk gemacht. Gebückt in der Dunkelheit ging er unter Ausnutzung jeder Deckung auf den niedrigen Bau mit Ziegeldach zu. Unter einem großen Mandelbaum parkte der Mitsubishi. Das musste das Auto sein, in dem er Bekanntschaft mit Frère-Louis gemacht hatte. Er erreichte das Haus; nur aus einem Fenster drang fahles Licht. Wahrscheinlich von einer Kerosinlampe, denn es war kein Generator zu hören. Er schaute durch das Fenster. Ein fast völlig kahler Raum. Er erblickte Solon, der an einen Stuhl gefesselt war. Ein Mann stand daneben. Der Inspektor konnte ihn nur von hinten sehen. Er trug ein T-Shirt mit dem Porträt von Nelson Mandela auf dem Rücken. In der Hand hielt er einen blutigen Dolch. Das war bestimmt Sans Remords. Der Inspektor hatte den Bandenchef nur einmal gesehen. Das war vor einigen Jahren gewesen, bei einer Bescherung für arme Kinder im Nationalpalast. Der Bandenchef stand damals nur einige Schritte hinter der Ehefrau des Staatsoberhaupts. Damals trug er noch keine Zöpfe. Seitdem hatte er Karriere gemacht. Frère-Louis, der Berater im Kabinett des Präsidenten, saß, noch in Anzug und Krawatte, als wären dies unerlässliche Attribute seines Amtes, in Solons Nähe. Er hielt eine Bierflasche in der Hand. Die beiden Stellvertreter des Bandenchefs mit Haarschnitten wie amerikanische Basketballer und über und über tätowierten Armen standen jeder an einer Seite des Zimmers und verfolgten als Kenner die Szene, bereit einzugreifen, wenn es nötig war. Vom Fenster aus konnte der Inspektor ein Bruchstück des Gespräches mithören.

»Und, hast du geglaubt, ich vergesse diesen Affront, Kommissar? Wofür hältst du dich? Die Zeiten, in denen die Armee allmächtig war, sind vorbei. Jetzt haben wir die Macht.«

Der Berater stellte die Bierflasche ab und wischte sich die Mundwinkel mit einem weißen Taschentuch ab.

»Kommen Sie, Kommissar ... Ich glaube, unser Freund kann sich mit zwei Fingern für die Ohrfeige begnügen. Das ist das Gesetz des Talion, Auge um Auge, Zahn um Zahn ... Wir brauchen Sie, Kommissar. Sie werden doch nicht wegen ein paar blödsinniger Prinzipien alles aufgeben.«

»Leckt mich am Arsch«, antwortete Solon.

Das Gesicht des Kommissars war bereits blutig. Sans Remords versetzte ihm einen Fußtritt mitten auf die Brust, so dass der Stuhl mitsamt Solon umkippte. Einer der Stellvertreter stellte ihn wieder auf.

»Dann setzt unser Freund eben sein Spielchen fort, Kommissar. Irgendwann kommt er zwangsläufig an der Zunge an«, säuselte der Berater.

Die Zeit drängte. Das Gehirn des Inspektors kochte. Ein Hund näherte sich schwanzwedelnd. Das war kein Wachhund, sondern ein Hund aus der Nachbarschaft, der auf Futtersuche unter dem Zaun durchgeschlüpft war. Er war klapperdürr, an seinem Hinterteil hatte er eine offene Wunde. Der Inspektor verjagte ihn mit einem Fußtritt, und er entfernte sich mit eingekniffenem Schwanz.

Azémar begriff, dass er keine Wahl hatte. Manchmal bestand die einzig mögliche Strategie darin, einfach mitten hineinzustoßen. Er musste das Überraschungsmoment ausnutzen, seinem alten Talent als Eliteschütze und seiner Schnelligkeit vertrauen und darauf zählen, dass seine Gegner nur gefährliche Amateure ohne echtes Training waren. Sie konnten mit den Waffen, die sie trugen, nur sehr schlecht umgehen. Natürlich nahmen sie sofort Reißaus, sobald sie auf ernsthaften Widerstand stießen. Der Inspektor betrachtete den Saal rasch durch das Fenster, dann ging er um das Gebäude, eine Art unbenutzten Schuppen, herum. Ein Segelboot, das mit einer Kette festgemacht war, dümpelte an dem kleinen Steg. Das Holz der beiden Torflügel war wurmstichig, die Scharniere und der Griff verrostet. Er durfte sich keinen Fehler erlauben. Er ging zum Tor und trat mit dem rechten Fuß mit voller Wucht dagegen, so dass die Flügel krachend auseinanderklappten. Die Beretta zuckte dreimal in seinen Händen. Sans Remords kippte, ins Herz getroffen, rückwärts um. Sein Stellvertreter zur Rechten wurde mit einer Kugel im Kopf an die Wand geschleudert. Der Dritte im Bunde konnte schießen, aber die Kugel streifte nur die Schulter des Inspektors und hinterließ eine Brandspur auf seiner alten Jacke. Er kam nicht dazu, ein zweites Mal zu feuern. Zwei Projektile zerrissen seinen Oberkörper. Er wich unter der Wucht der Einschläge zurück und sank auf einen Tisch, der unter seinem Gewicht zusammenbrach. Der Berater war gelähmt auf seinem Stuhl sitzengeblieben. Er hob, die Bierflasche immer noch in der Hand, beide Arme und wagte nicht einmal, sich umzuschauen, um zu sehen, wer gerade seine Freunde erschossen hatte.

»Erbarmen«, schluchzte er. »Nicht schießen ... Ich bin Mitglied des Kabinetts des Präsidenten der Republik.«

»Halt's Maul!«, brüllte der Inspektor. »Steh auf!«

Solon hatte den Kopf gehoben. Sein Gesicht war eine einzige Wunde.

»Sie dreckiger Hurensohn«, sagte er, als er Dieuswalwe Azémar erblickte. »Was machen Sie hier?«

»Sie retten«, sagte der Inspektor, während er den Berater durchsuchte.

»Das hätten Sie nicht tun sollen«, flüsterte der Kommissar, »denn ich, ich jage Ihnen eine Kugel in den Kopf. Es sei denn, Sie töten mich vorher. Moricène hat mir alles gesagt. Sie sind ein Spinner, Azémar.«

Der Berater hatte keine Waffe bei sich.

»Binde den Kommissar los«, befahl der Inspektor.

Er gehorchte zitternd. Azémar behielt nur noch den Berater im Auge.

»Sie hätten es nicht tun sollen, Dieuswalwe«, wiederholte der Kommissar. »Weder mit meiner Frau schlafen, noch mich befreien ...«

Er verstummte. Etwas in seinem Blick warnte den Inspektor vor der Gefahr. Er konnte gerade noch den Berater packen und vor sich ziehen, als der Schuss knallte. Es war der zweite Stellvertreter, der sich trotz der zwei Kugeln in seinem Körper wieder aufgerichtet hatte, um zu schießen. Der Inspektor reagierte und schoss, getrieben von irrwitziger Wut, fast sein ganzes Magazin auf den Gehilfen von Sans Remords leer. Es war, als verschaffte all der seit Jahren aufgestaute Zorn sich endlich Ausdruck. Der Berater lag am Boden, Blut sicherte ihm aus einem Mundwinkel. Er war tot. Erst jetzt erinnerte der Inspektor sich, dass Kommissar Solon hinter ihm stand und dass dieser geschworen hatte, ihm das Gehirn wegzublasen. Er erhielt einen so heftigen Schlag an der Schädelbasis, dass er mit einem Regen bunter Sterne vor den Augen zusammenbrach. Wie lange hatte er, gelähmt vor Schmerz, so dagelegen? Ein Fußtritt in die Rippen entriss ihm einen Schrei, löste ihn jedoch aus der Bewusstlosigkeit, die ihn anzusaugen schien wie ein schwarzes Loch. Er stand, mit beiden Händen auf den Boden gestützt, mühsam auf.

»Drehen Sie sich nicht um, Inspektor«, sagte Solon. »Ich möchte Ihnen nicht ins Gesicht sehen, und ich möchte auch nicht, dass sie das tun.«

Azémar spürte den heißen Lauf seiner Waffe am Nackenansatz.

»Auf die Knie, Dieuswalwe.«

Er war dem Kommissar vollkommen ausgeliefert.

»Ich verlange nicht, dass Sie mir die Geschichte Ihrer Beziehung zu meiner Frau erzählen, Dieuswalwe. Was geschehen ist, ist geschehen. Sie sollen nur wissen, dass Ihr Verrat schlimmer ist als der Betonblock, den man mir an die Füße binden wollte.«

»Ich hätte es nicht tun dürfen, das stimmt«, gab Inspektor Azémar zu. »Es tut mir leid, Herr Kommissar.«

»Sie sind ein echter Hurensohn, Dieuswalwe. Wie kann ein Bulle wie Sie, der alles getan hat, um nicht in die Scheiße dieses Landes zu sinken, wie kann so jemand den Fehler begehen, es mit der Frau seines Vorgesetzten zu treiben?«

Der Kommissar hatte Schwierigkeiten mit der Aussprache. Seine Stimme war nur noch ein Zischen. Die Misshandlungen durch Sans Remords hatten seinen Kiefer fast zerstört.

»Machen Sie ein Ende, Herr Kommissar«, sagte Dieuswalwe Azémar. »Ich kann nicht mehr. Seit dem 12. Januar erdulde ich die Hölle meines Lebens. Ich gebe zu, dass ich einen Fehler gemacht habe. Ich habe von diesem Leben nichts mehr zu erwarten. Kümmern Sie sich um Mireya.«

Zu seiner Überraschung brach der Kommissar in Gelächter aus. Ein Gelächter, das eher ein Kichern war, ein Gurgeln, das zwischen seinen verquollenen Lippen, zwischen den zerbrochenen Zähnen seines ausgerenkten Kiefers hervordrang.

»Und ich, Inspektor? Glauben Sie, ich erwarte noch etwas vom Leben? Ich kann nirgendwo hin, und hier kriegen diese Schufte mich zwangsläufig.«

Er spuckte ein Stück Zahn und Blutklumpen aus.

»Sie kriegen mich so oder so. Ich habe geglaubt, ich könnte die Grenze streifen, mich mit dem Inakzeptablen einlassen, ohne mich wirklich hineinziehen zu lassen. Ich habe mich geirrt, Dieuswalwe. Meine Frau hatte recht.«

Er unterdrückte ein Schluchzen.

»Meine Frau, die Sie mir genommen haben, Dieuswalwe, Sie dreckiger Hurensohn!«

»Sie wollte, dass ich Ihnen helfe, Herr Kommissar.«

»Sprechen Sie nicht von ihr, Inspektor ... Sie müssen entschuldigen, aber ich habe es an der Leiche meiner Frau geschworen ... Eine Kugel in den Kopf ... Sie waren ein guter Bulle, Inspektor.«

»Darf ich einen letzten Schluck trinken?«, fragte Azémar, der eine ungeheure Müdigkeit fühlte.

Er wünschte, dass rasch ein Ende gemacht wurde. Im Grunde genommen hatte er gewollt, dass es so kam. Deswegen war er nicht in der Lage gewesen, das Gift des *bòkò* einzusetzen. Deswegen war er hierhergekommen, um den Kommissar zu retten. Er wollte sich durch die Strafe läutern, die Reinheit der beiden W in seinem Namen wieder herstellen.

»Nur zu, Inspektor, aber versuchen Sie nicht, mich reinzulegen. Ich bin wie Sie ein hervorragender Schütze, und die zwei Finger, die Sans Remords mir abgeschnitten hat, waren an meiner linken, nicht an meiner rechten Hand.«

Der Inspektor nahm die Flasche an seinem Gürtel, entkorkte sie und trank den Rest *soro* aus. Kein Getränk war je so köstlich gewesen. Anschließend warf er die Flasche weit weg. Sie zerbrach mit einem Geräusch, das ihn an den Klang der Glocken von La Brésilienne erinnerte. Da wusste er, dass Mireya, die einzige Frau, die er geliebt hatte, jenseits der Grenze, die der menschliche Geist sich nicht vorzustellen wagt, auf ihn wartete.

»Schießen Sie, Herr Kommissar! Halten Sie, was Sie Ihrer Frau geschworen haben. Aber ich bitte Sie, wachen Sie über Mireya, so gut sie können.«

»Eine letzte Frage, Inspektor. Warum sind Sie hierhergekommen? Sie hätten mich Frère-Louis und seinen Handlangern überlassen können. Sie hätten nichts verloren.«

»Doch, ich hätte etwas verloren«, sagte Azémar.

»Was?«

»Die zwei W in meinem Vornamen.«

Die Detonation sprengte seine Trommelfelle wie eine Donnerexplosion mitten im Raum. Er begriff, dass man im Augenblick des Todes Geräusche viel stärker wahrnimmt. Er verharrte auf den Knien und wartete darauf, dass sein Körper zu Boden sank und er die Entmaterialisierung erlebte, von der die New-Age-Anhänger sprechen. Er blieb jedoch in seiner knienden Haltung und fühlte nichts. Hinter ihm brach ein Körper zusammen. Er verstand plötzlich, was geschehen war, stand auf und schrie, den Kopf in beiden Händen, vor unvorstellbarem Schmerz. Schmerz darüber, dass er noch am Leben war, Schmerz über Kommissar Solons Entscheidung, sich das Leben zu nehmen. Dieser hatte sich die Waffe unter das Kinn gehalten und abgedrückt. Ein Teil seines Gesichtes war entstellt. Auf dem Boden lagen Knochenteile und Gehirnmasse.

»Scheiße!«, rief der Inspektor immer wieder, während er wie ein Gestörter durch das Zimmer voller Leichen irrte. »Scheiße! Scheiße!«

Er ging einige Minuten so auf und ab, ohne sich Gedanken darum zu machen, dass die Detonationen möglicherweise draußen gehört worden waren und eine Patrouille der Vereinten Nationen oder der Polizei anziehen könnten. Er lehnte sich an eine Wand und erbrach das Wenige, das er im Magen hatte. Dieser krampfte sich jedoch weiter schmerzhaft zusammen. Er näherte sich schwankend der Leiche von Kommissar Solon, um die Beretta wieder an sich zu nehmen, dann torkelte er nach draußen. Die kühle Nachtluft brachte ihm keinerlei Erleichterung. Ein Nachbeben ließ die Erde unter seinen Füßen erzittern. Er bewegte sich wie ein Roboter auf die Straße zu.

Inspektor Azémar überholte einen Konvoi brasilianischer UNO-Soldaten und bog dann mit seinem alten Nissan in eine unbefestigte Straße ein, die in der Regenzeit für ein Auto ohne Vierradantrieb nur schwer zu befahren war. Er fuhr einige gute Minuten. Die Rückspiegel waren wegen der Staubwolke, die das Fahrzeug aufwirbelte, keine Hilfe. Zu beiden Seiten der Straße ragten stacheldrahtbewehrte Mauern auf. Hier war ein Gewerbegebiet für Zulieferbetriebe und Textilfabriken. Aus den halb offenen Toren der Unternehmen begann sich der Strom der Arbeiter auf die Straße zu ergießen. Bald würden die Staus den Verkehr behindern. Normalerweise mied er solche Straßen um diese Zeit, aber er hatte keinen anderen Termin bei Kalil Samouf erhalten, einem Großhändler aus der Hauptstadt, der seit einigen Monaten praktisch das Monopol auf den Aufkauf von Zuckerrohrschnaps in den verschiedenen Brennereien der Republik hielt. Er verkaufte das Produkt anschließend zu hohen Preisen an die Einzelhändler weiter. Man wusste nicht, wie er die Kontrolle über den Markt hatte gewinnen können, zumal er erst seit zehn Jahren im Land lebte.

Der Inspektor entdeckte bald das Firmenzeichen, das er suchte. Er bog in eine von Blumen gesäumte Straße ein. Sie endete vor einem Metallgitter, das ein Wachturm überragte. Er hupte wütend. Das Gatter öffnete sich einen Spalt, und ein Wächter mit einer Flinte Kaliber 12 näherte sich dem Fahrzeug.

»Ich bin Inspektor Dieuswalwe Azémar von der Police Nationale. Ich habe einen Termin bei Monsieur Kalil Samouf.«

Der Mann sah in einem Heft nach, klemmte es sich unter den Arm und sprach in einen Walkie-Talkie. Das Gitter glitt vollständig beiseite.

»Sie können reinfahren, Herr Inspektor. Parken Sie hinten im Hof. Sie werden abgeholt.«

Er fuhr auf einer Allee aus Beton. Das Unternehmen war in drei Metallhallen untergebracht. Kaum hatte er sein Auto abgestellt, als auch schon ein Mann in Hemdsärmeln auf ihn zukam. Sein Gesicht war verschlossen, als hätte man ihm eine lästige Arbeit außerhalb seiner Zuständigkeit aufgeladen.

»Folgen Sie mir! Monsieur Samouf erwartet Sie.«

Der Inspektor nahm eine Aktentasche vom Vordersitz, stieg aus, verriegelte die Türen und folgte dem Mann bis zum mittleren Gebäude. Sein Begleiter öffnete eine Glastür, und sie traten in einen neonbeleuchteten, klimatisierten Raum. Monsieur Samouf legte großen Wert auf den äußeren Eindruck. Alles war mit Teppichen ausgestattet. Ein kleines modernes Empfangszimmer, in dem alles aus Glas war. Porzellanfiguren auf einem Stufentisch. An den Wänden wertvolle Gemälde. Eine Sekretärin tippte an einem Computer. Sie blickte nur kurz auf, als sie sie bemerkte, und arbeitete weiter. Der Mann führte den Inspektor zu einer Tür hinten im Raum, die er ohne anzuklopfen öffnete.

»Treten Sie ein, Inspektor!«

Er stand in einem kleinen Zimmer. Die Wände waren hinter den mit Akten überladenen Regalen nicht zu sehen. An einem ovalen Schreibtisch beugte sich ein glatzköpfiger Mann über ein Laptop. Er stand nicht auf, um den Inspektor zu empfangen. Ohne den Blick vom Bildschirm abzuwenden, bedeutete er ihm, Platz zu nehmen.

»Ich habe nur sehr wenig Zeit, Inspektor«, sagte er. »Was kann ich für Sie tun?«

»Ich habe ebenfalls sehr wenig Zeit«, antwortete Azémar kühl. »Ein leitender Mitarbeiter aus dem Gesundheitsministerium hat mich wegen dieses Treffens angerufen. Worum genau geht es?«

»Darum«, sagte der Inspektor.

Er legte die Akte auf den Schreibtisch und nahm die Phiole aus der Tasche. Die Phiole des *bòkò.* Er schüttelte sie vor den überraschten Augen seines Gesprächspartners.

»Uns ist zu Ohren gekommen, dass es wegen der schlechten Qualität des Zuckerrohrschnapses, den Sie den Einzelhändlern andrehen, zahlreiche Unfälle gegeben hat.«

Im Blick des Libanesen erschien ein herausforderndes Leuchten.

»Wenn Sie gekommen sind, um mich anzugreifen oder zu erpressen, dann verlieren Sie Ihre Zeit.«

»Ein Polymer, das in einem chinesischen Labor entwickelt wurde. Es hat eine Weile gedauert, das herauszufinden.«

Er öffnete die Phiole.

»Wir haben es überprüft.«

»Sie lügen.«

»Wollen Sie's sehen?«

Er warf dem Libanesen die Phiole zu, welcher sie auffing. Ein Teil der Flüssigkeit spritzte auf die Hände des Händlers. Dieser roch an seinen Fingern.

»Das ist vollkommen geruchlos, Inspektor. Absolut dünnflüssig. Soll das das Polymer sein, von dem Sie sprechen? Ich rufe meine Männer, damit sie Sie hinausbegleiten.«

Der Libanese hielt in der Bewegung inne, als der Polizist seine Waffe auf ihn richtete.

»Ich habe darauf bestanden, in dieser Sache allein zu ermitteln, Monsieur Samouf. Ich konnte das Interesse einiger noch ehrlicher Haitianer im Gesundheitsministerium gewinnen. Mit diesem Dossier wird ihr schändliches Tun ein Ende finden, das versichere ich Ihnen. Wissen Sie, wie viele Leute möglicherweise gestorben sind, weil Sie unseren Schnaps gepanscht haben? Schlimmer noch, Monsieur Samouf ... Sie haben unser Paradies beschmutzt. Was sollte uns noch bleiben?«

Der Mann öffnete eine Schublade und holte ein Bündel grüner Scheine heraus.

»Hören Sie! Ich bezahle Sie, und wir vergessen die Geschichte. Zehntausend amerikanische Dollar. Wir haben Verhandlungsspielraum bis zwanzigtausend, mehr nicht. Der Umsatz ist seit dem Erdbeben zurückgegangen. Ich pansche nur den Zuckerrohrschnaps, der auf den Straßen für das Gesindel verkauft wird. Erzählen Sie mir nicht, dass sie dieses Zeug trinken. Es gibt doch Rum oder Whisky. Getränke, die Ihrem Rang angemessen sind.«

»Noch ein Wort, und ich schieße Ihnen ein Loch in Ihre dreckige Rübe!«, brüllte der Inspektor.

»Das wagen Sie nicht«, sagte der Libanese und sah ihm direkt in die Augen. »Sie wurden gesehen, wie Sie hier angekommen sind. Ich habe einen amerikanischen Pass. Sie würden ihre Tat zu teuer bezahlen.«

»Sie glauben, dass Sie mir entkommen?«, fragte Azémar lächelnd und schwenkte die Akte vor den Augen des Libanesen.

»Sie können mir nur momentane Schwierigkeiten bereiten, Inspektor. Ich habe einen längeren Arm als Sie. Sie sind nur ein elender, kleiner Inspektor eines elenden, kleinen Landes.«

Er warf dem Polizisten das Geldscheinbündel ins Gesicht.

»Lecken Sie mich am Arsch.«

Der Inspektor steckte seine Waffe weg, lächelte, zuckte mit den Schultern und ging hinaus, ohne die Geldscheine anzurühren, die zu seinen Füßen lagen. Er durchquerte den Wartesaal, ohne dass die Sekretärin auf ihn aufmerksam wurde, stieg wieder ins Auto und passierte ungehindert den Kontrollposten. Zum ersten Mal fühlte er sich gut. Er schaute auf seine Uhr. In einigen Minuten würde es Kalil Samouf nicht mehr geben. Der Minister würde sich angesichts des brandgefährlichen Dossiers in den Händen der wichtigsten Verantwortlichen gezwungen sehen, das Unternehmen zu schließen. Er wusste nicht, warum er an Moricène denken musste. Dieser hatte das Krankenhaus verlassen. Nachdem er von Solons Tod erfahren hatte, hatte der junge Mann das Weite gesucht aus Angst, Inspektor Azémar, der noch am Leben war, könnte sich rächen. Natürlich war er aufgrund seiner Vorgeschichte kein sehr empfehlenswerter Zeitgenosse. Der Inspektor holte eine Flasche *soro* unter seinem Sitz hervor. Dieser *tranpe* war aus Zuckerrohrschnaps hergestellt, den er sich bei einer Brennerie in Léogâne direkt an der Quelle beschafft hatte. Er trank in aller Ruhe, während er fuhr. Er hatte seinen *soro* wiedergefunden, sein Paradies, seine Zuflucht. Er musste sich nun noch öfter dorthin flüchten, seit das Erdbeben seine Stadt noch schlimmer entstellt hatte und er wusste, dass seine Tage bei der Police Nationale gezählt waren, weil Kommissar Solon ihn nicht mehr schützen konnte. Samouf hatte es gewagt, ihm ein Bündel Dollarscheine ins Gesicht zu werfen! Wofür hielt sich dieser Libanese? Sich am *soro* zu vergreifen! Das war unverzeihlich.

Port-au-Prince, den 12. Januar 2011

## ANMERKUNGEN

S. 7, *tranpe:* Zuckerrohrschnaps, aromatisiert mit Früchten, Kräutern, Rinden oder Wurzeln.

S. 7, *soro*: eine Art *tranpe,* aromatisiert mit den als Heilmittel geltenden Blättern der Bittermelone.

S. 7, *amerikanische Sekte*: Siehe zu diesem Fall Gary Victors Roman *Schweinezeiten*.

S. 8, *kleren:* Zuckerrohrschnaps. Nur einmal destilliert, daher weniger stark und billiger als Rum.

S. 8, *Wyclef Jean*: haitianischer Musiker, Songwriter und Produzent, der in den USA als Mitglied der Gruppe *The Fugees*, später auch als Solokünstler bekannt wurde.

S. 12, *Chef*: Bezeichnung für eine Respektsperson, insbesondere für Militärs und Polizisten der höheren Ränge.

S. 16, *asorosi*: Bezeichnung für die Bittermelone bzw. den mit ihren Blättern aromatisierten Schnaps (*soro*).

S. 18, *Hof der Wunder*: im mittelalterlichen Paris der Treffpunkt der Diebe und Bettler. Der Name spielt darauf an, dass die Wunden, die die Bettler zur Schau stellten, dort schlagartig wieder ›geheilt‹ wurden.

S. 39, *bòkò*: Magier. Anders als der *houngan* und die *mambo*, der Vodoopriester oder die Voodoopriesterin, übt er auch schwarze Magie aus. In der Praxis spielt der Unterschied aber oft nur eine geringe Rolle.

S. 45, *zwei W*: Inspektor Azémar hatte die Schreibung seines Vornamens von »Dieusoitloué« in »Dieuswalwe« geändert. Die Annahme der kreolischen anstelle der französischen Schreibweise ist ein Bekenntnis zur haitianischen Kultur und symbolisiert für den Inspektor auch die Verpflichtung auf die Werte, die er hochhält. Der Name bedeutet »Gott sei gelobt.«

S.54, *Babylon*: in biblischer Tradition Symbol der korrumpierten Macht und Bezeichnung für ihre Diener, etwa Polizisten.

S.57, *konpa*: populäre, dem Kalypso ähnliche Tanzmusik.

S.59, *vèvè:* Zeichnung, die die Geister des Voodoo symbolisch darstellt.

S.63, *déchouquage:* eigentlich das Ausreißen von Baumstümpfen. Gewalttätige Racheaktionen gegen Mitglieder oder Nutznießer der Regierung Duvalier, später auch anderer gestürzter Regime.

S.70, *Kiskeya*: einer der Namen der Insel Hispaniola aus vorkolumbianischer Zeit.

S.73, *lwa*: Bezeichnung für die Geister des Voodoo.

S.82, *Wachtmeister Colin*: In einem früheren Fall wurde Azémars ehemaliger Assistent Colin von Mireya mit einem Fluch belegt, durch den er sich nach und nach in ein Schwein verwandelte, siehe den Roman *Schweinezeiten*.

S.85, *Guayabera*: Leinenhemd, das über der Hose getragen wird.

S.116, *Schimären des Priesters*: Als Schimären wurden gewalttätige Anhänger von Jean-Bertrand Aristide, ehemaliger Salesianerpater und Präsident von Haiti 1990-1991, 1994-1996 und 2000-2004, bezeichnet.

S.117, *Sans Remords*: Der Name bedeutet »ohne Gewissensbisse«.

S.120, *bwa kochon*: Bezeichnung für eine Pflanze aus der Familie der Balsambaumgewächse (*Tetragastris balsamifera*) bzw. für den damit aromatisierten *tranpe*.

S. 121, *ekspedisyon:* besonders gefürchtete Operation der schwarzen Magie, bei der ein Toter zu der Person, die man beseitigen will, »expediert« wird. Das Opfer erkrankt und stirbt rasch, wenn der Zauber nicht rechtzeitig erkannt und abgewehrt wird.

## GARY VICTOR bei litradukt

### *Schweinezeiten*

Ein drückend heißer Sommer in Port-au-Prince. Inspektor Dieuswalwe Azémar betrachtet sich als gescheiterte Existenz. Da er sich der allgemeinen Korruption verweigert, gilt er als Versager, dem nur die Flucht in den Alkohol bleibt. Als das Leben seiner Tochter in Gefahr gerät, findet er jedoch seine Reflexe als Elitepolizist wieder und zieht mit seiner Beretta und viel Zuckerrohrschnaps in den Kampf gegen Bestechung und okkulte Machenschaften. Was verbirgt sich hinter der Kirche vom Blut der Apostel? Was hat der Traum seiner Tochter zu bedeuten? Und was ist das für eine seltsame Verwandlung, die mit seinem ehemaligen Assistenten vor sich geht? …
Ein Voodoo-Krimi mit allen Zutaten, die Inspektor Azémar in Haiti zu einer Kultfigur machen. Je unwirklicher, desto realistischer.

Platz 8 der Krimibestenliste der ZEIT 2/2014.

130 S., Softcover, 11,90€
ISBN: 978-3-940435-11-8

*»Die grellen Farben der Verzweiflung, eine knochenmarkzerstörende Bitterkeit und das schrille Kichern des Deliriums sind die Zutaten, aus denen Gary Victor dieses 130-Seiten-Konzentrat großartiger Kriminalliteratur ausgekocht hat. Haiti überlebt!«*
Tobias Gohlis, *DIE ZEIT*

Mehr Informationen und Leseproben auf unser Website

LITRADUKT.de